Inhalt

Jedes Werk über Kulinarisches sollte mit einem Frühstück beginnen. Nun ist dieses Frühstück nichts Besonderes, sogar ganz im Gegenteil, aber die Geschichte wäre sehr lustig, wenn sie nicht so tragisch wäre, und sie handelt nicht von einem English Breakfast oder opulenten Brunch. Das Frühstück in diesem Fall bestand wohl eher aus zwei Scheiben Mischbrot, zwei Wurstscheiben, einer Packung Schmelzkäse und dazu ein Klacks Marmelade, in Verbindung mit einem Napf voll Muckefuck. Auf den Napf kommt es nun an. Es ist tatsächlich der berühmte Blechnapf, wie man ihn in der Justizvollzugsanstalt kennt. Wie kam es jetzt dazu? Das ist eine lange Geschichte.

Es fing damit an, dass wir ein neues Auto brauchten. Und meine Schwiegermutter bestand darauf, dass es unbedingt ein Mercedes sein musste. „ In eurer Position seid ihr euch das schuldig!" Das war uns eigentlich egal, aber sie bestand darauf und wollte uns sogar einen finanziellen Zuschuss geben. Na meinetwegen. Wir machten uns also auf die Suche nach einem Mercedes und durchforsteten die Anzeigen in der Zeitung. Und richtig, wir fanden ein Modell, das wir finanziell noch stemmen konnten, einen Jahreswagen, der einer Firma gehört hatte. Verkauft von einer Firma Autohaus Herzog. Dass wir die nicht in den Gelben Seiten fanden, irritierte uns zunächst nicht, auch nicht, dass die Besichtigung auf einem Parkplatz in der Nähe seiner Wohnung stattfand. Das Geschäftliche fand dann auch in der Wohnung statt, und Jupp erzählte dann von sich, dass er Busfahrer bei der BVG gewesen war, sich dann selbständig gemacht hätte und jetzt einen Betrieb mit mehreren Angestellten hätte, und dass der Service und die Wartung auch von ihm übernommen werden könnte. Also alles bestens. Der Verkauf lief glatt, und wir waren mit dem Auto sehr zufrieden. Die Sache mit der Wartung und den Reparaturen klappte auch hervorragend, und wir behielten auch privat Kontakt. Wir trafen uns zum Grillen, sind zusammen verreist, Herzogs betreuten unser Haustier, wenn wir verreisten. Wir taten ihnen sogar einen großen Gefallen, als wir der Tochter, Larissa, eine Platz an einer Berufsfachschule besorgten, der schwer zu kriegen war. Sonst gehörten zur Familie noch Frau Herzog, genannt Mausi und die Söhne Konstantin, 15 und Björn, 13. Mausi arbeitete nicht, aber schmiss den Haushalt und machte den Papierkram für die Firma. Zum Bekanntenkreis gehörte auch Fabian Geyer, der engste Kumpel von Jupp, ein Rechtsanwalt. Dessen Familie haben wir mal besucht, die hatten einen

Wohnwagen auf einem Campingplatz in der Nähe von Hamburg. Dort verbrachte er mit seiner Familie die großen Ferien. Seine Familie, das waren seine Frau und seine beiden Töchter, im Alter von Björn und Konstantin, sie kannten sich offenbar gut und interessierten sich deswegen nicht die Bohne füreinander. Konstantin saß da wie ein Nappkuchen. Frau Geyer, Edelgard, fragte ihn: „willst du eine Cola?" - „?!?" - eine Fanta? - „?!?" - einen Apfelsaft „?!?" - Oder soll ich dir eine runterhauen? - „?!?" - ... Nun ist ein Wohnwagenurlaub angeblich etwas für Leute mit Drang zu Freiheit und Unabhängigkeit. Auf diesem Campingplatz bestand die Unabhängigkeit darin, dass man dicht auf dicht gepackt mit den Nachbarn hauste, dabei lag er nicht mal am Wasser; geschweige denn am Meer, und erinnerte mich lebhaft an Westberliner Zeiten im Standbad Wannsee, als das die einzige Möglichkeit war, an einem natürlichen Gewässer baden zu gehen.

„Er kratzte sich sein Bein, dabei war's gar nicht sein!" Im Übrigen hatte der Campingplatz auch ein zentrales Haus, in dem eine Spülküche, Duschmöglichkeiten und sonstige Räumlichkeiten lagen. Und man musste von Geyers Wohnwagen über den ganzen Platz dahin laufen. Da das Bier in Strömen floss, bedeutete das, dass man ständig auf der Wanderung war, und da ich nun das Auto fuhr, beschränkte ich mich auf Kaffee, aber die Wirkung war ähnlich. Nichts gegen die Anlagen, die waren wenigstens sauber. Aber unter Urlaub stelle ich mir doch etwas anderes vor.

Eines Tages, als wir uns mal wieder trafen, eröffnete Jupp, dass er etwas Neues aufgerissen hätte. Er wer jetzt JHI, Jupp Herzog Immobilien. Es stellte sich heraus, dass eine Nachbarin um die Ecke, eine Immobilienmaklerin, Frau Louise Marquardt, seine Partnerin sein wollte. Ihr charmanter österreichischer Akzent täuschte über ihre knallharte Geschäftstüchtigkeit hinweg. Sie hatte ihm Exposes für diverse Objekte übergeben, und Jupp schwärmte geradezu. Da mein Mann zu dieser Zeit Berater beim BHW war, das ist eine Bausparkasse für Angehörige des öffentlichen Dienstes, die in den jeweiligen Dienststellen Ansprechpartner unterhielt und dort auch recht erfolgreich arbeitete, war er sofort Feuer und Flamme. Das würde eine tolle Zusammenarbeit ergeben. Hier Leute, die ein Eigenheim suchten und finanzieren mussten, dort ein Immobilienmakler. Außerdem reizte Jupp die Möglichkeit mühelosen Geldverdienens. Einmal im Monat ein Objekt verkaufen, das bringt genauso viel wie vier Wochen Arbeit im der Autobude und erheblich weniger Arbeit und Ärger. Na ja, wenn man was verkauft. Jupp hat überhaupt nur ein einziges Objekt verkauft und das hatten wir noch vermittelt. Unser Onkel aus Karlshorst wollte seine Laube in Hönow verkaufen, ein zwar winterfestes Gebäude mit Strom und Wasseranschluss, aber leider hatte man es versäumt, sich von dem Plumpsklo zu trennen, das als Häuschen mit Herz im Garten stand. Sie hatten nie verstanden, warum ich bei Besuchen in dieser Laube immer so wenig getrunken habe, ich vermied es nach Möglichkeit, die Örtlichkeit zu benutzen. Unser Onkel verstand auch nicht, warum mögliche Käufer ihm nur den reinen Grundstückspreis bezahlen wollten. „Das Haus ist doch voll bewohnbar und auch im Winter nutzbar!". Es hatte eine elektrische Heizung. Schließlich wurde er es doch los, kaufte sich von dem Geld eine Wohnung in Spanien, mit der er nichts als Ärger hatte, und die er kaum erreichen konnte, weil nicht mal ein Flugplatz in der Nähe war. Mit dem Auto waren es drei Tage stramme Fahrt, und er war schon 80. irgendwann ist er das Ding dann mit Verlust wieder losgeworden, die Sache erinnerte etwas an das Märchen von Hans im Glück. Aber das war viel später. Jedenfalls, die Laube war verkauft, und wir warteten auf den Anteil der Maklerprovision, die wir uns mir Frau Marquardt teilen wollten. Aber die reagierte nicht, das Telefon war nicht besetzt, uns als Jupp eines Tages persönlich vorbeiging, war der Laden geschlossen. Jupp setzt nun seinen Freund Fabian auf den Fall an, und irgendwie hat er es geschafft, das Geld vor Gericht einzutreiben. Es kam zu einem regelrechten Prozess, und Frau Marquardt musste zahlen. Mein Mann sagte: „Das war das erste Mal, dass ich es mit der Justiz zu tun hatte!" Und hoffentlich auch das letzte Mal. Dachte er.

Jupp und Fabian, das war ein Gespann. Beide hielten sich für Cleverles.

Unvergessen der Abend mit Vecchia Romana. Mit meinem Mann hatten sie sich bei einem Italiener verabredet, für die beiden in Laufweite, und ich wurde dazu verdonnert, meinen Mann gegen zehn abzuholen. Wenn man dann nüchtern in eine solche Runde platzt, gilt man leicht als Spaßbremse und dann heißt es: „Setz dich doch!". Dann gibt es noch einen, und noch einen, und die Zeit vergeht und man sitzt wie doof daneben. Als ich kam, waren die drei Herren allerdings tatsächlich dabei zu gehen. Sie wollten nur noch als Absacker einen Vecchia Romana trinken. Das ist ein Bitterlikör, und auf den kann ich gerne verzichten, weil ein Besäufnis mit dem ausgesprochen eklig ist. Da gibt es bessere Möglichkeiten besoffen zu werden. Jedenfalls holte der Wirt eine ganz neue Flasche und goss den Herren je ein Glas ein, dann kam die Rechung. Und plötzlich hatten Jupp und Fabian es verdammt eilig, aus dem Lokal zu kommen. Es stellte sich später heraus, dass sie zu dritt eine ganze Flasche von dem Zeug geleert hatten, aber der Wirt hatte das irgendwie nicht gemerkt, und hatte die Flasche vergessen und nur die letzten drei Schnäpschen auf die Rechung gesetzt. Zu dem Italiener sind die jedenfalls nicht mehr gegangen.

Mit den Immobilien war es also nichts. Da kam Jupp drauf, dass der öffentliche Dienst doch eine gewisse Sicherheit bot. Er bewarb sich also für den Justizvollzugsdienst, und dazu war eine Prüfung erforderlich. Weil es sich zu zweit leichter lernt, musste seine Frau mitmachen und sie verlangte dann auch mit zur Prüfung antreten zu können. Das Ergebnis war, sie bestand die Prüfung, er nicht, weil seine Deutschkenntnisse den Anforderungen nicht genügten. Sie beharrte dann auch darauf, tatsächlich bei der Justiz anzufangen. Das Argument mit den Kinder zog nicht mehr, mit 18, 16 und 14 konnten die Kinder allein klarkommen, nicht wie bei einem Kollegen meines Mannes, der uns mit seiner Frau keine Abendbesuche machen konnte, weil sie die dreizehnjährige Tochter nicht für einen Abend allein lassen konnten. Das Kind war übrigens nicht behindert, sondern besuchte ein Gymnasium , hat Abitur gemacht und ist fünf Jahre später mit einen Studienkollegen ihres Vaters zusammengezogen, der sich sofort scheiden ließ, weiter fünf Jahre später hatte sie drei Kinder von ihm. Aber das ist eine andere Geschichte. Jupps Frau, Mausi, fing also bei der Justiz an, das bedeutet zwar auch Schichtarbeit, aber ihr machte es Spaß, sie kam auch menschlich mit den Knackis klar, und ein regelmäßiges Einkommen mit Feiertags- uns Nachtzuschlägen war auch nicht zu verachten. Jupp bestand allerdings darauf, dass sie ihr ganzes Einkommen in die gemeinsame Familienkasse einbrachte. „Du hast neunzehn Jahre auf laue Lohne gemacht und nun kannst du auch mal ran!" Dass sie drei Kinder großgezogen hatte und ihm den Papierkram gemacht hatte, das zählte wohl nicht. Damals lernten wir auch mal eine unangenehme Seite von Jupp kennen.

Dass da im Einzelnen so manches nicht stimmte, bemerkten wir an zwei Kleinigkeiten. Einmal, da besuchten uns Jupp und Mausi, mit öffentlichen Verkehrsmitteln, aus gutem Grund, und da passierte folgendes, sie waren schon aufgebrochen, als es plötzlich Sturm klingelte, und Mausi stand wieder vor unserer Tür, und wollte unbedingt bei uns übernachten, weil sie sich auf dem Weg zum Bus mit Jupp kräftig in die Wolle gekriegt hatte. Wir bezahlten den beiden letztendlich ein Taxi, und Jupp entschuldigte sich später bei uns, es war eben sehr viel Erdbeerbowle in Spiel gewesen. Ein anderes Mal holte Jupp unser Auto zur Wartung ab, und hatte Klein Björn mit dabei, die beiden fuhren mit unserem Auto weg und ließen, wie üblich einen Ersatzwagen da, und wir sahen zufällig, dass Björn seinen Vater etwas fragte, was genau, konnten wir nicht verstehen, nur dass Jupp sehr laut sagte: Halt den Mund! Wir konnten uns keinen Reim daraus machen.

Also, Jupp betreute den Service und die Wartung unsers Autos, das heißt unserer Autos, wir hatten damals nämlich zwei. Dazu holte er, wie schon erwähnt, das Auto ab und brachte es wieder zurück und überließ uns für die Zeit einen Ersatzwagen. Das war komfortabler als unser bisheriges Autohaus es handhabte: Und dass er das Geld in bar haben wollte und uns einen handgeschriebenen Zettel gab, auf dem er fein säuberlich notiert hatte, was er an Arbeiten gemacht hatte, störte uns auch nicht. Wir bewahrten die Zettel in einen eigenen Ordner auf. Insbesondere nach dem Erlebnis mit unserem Zweitwagen. Den hatte unser Stammautohaus für nicht mehr TÜV-fähig erklärt und war gnädigerweise bereit, uns den Schrotthaufen für eine Mark abzukaufen. Das schien uns glaubwürdig, weil wir das Auto über zehn Jahre lang benutzt hatten und viel gefahren sind. Allerdings stellte sich heraus, dass die Firma das Auto einem Azubi überlassen hatte, der es sich zum Personalrabatt wieder aufgebaut hatte und wir haben das Auto noch jahrelang in Berlin herumfahren sehen. Aber unser Vertrauen in die Autobranche war erst mal nachhaltig getrübt. Außerdem war es im Jahr 1992 ein Problem, ein kleines gebrauchtes Auto zu kaufen, der Markt war wie leer gefegt, weil viele Bürger aus den neuen Bundesländern sich kleinere Modelle kauften. Aber letztendlich organisierte unser Autohaus uns einen gebrauchten Polo, aus einer Firmenpleite, eine

Reformhauskette, der war ziemlich viel gefahren worden für sein Alter, aber das war mir egal, ich brauchte ihn nur für den Weg zu Arbeit. Das waren zwar nur 12 Kilometer, aber mit den Öffentlichen war ich mehr als eine Stunde unterwegs, mit viermal umsteigen, mit dem Auto brauchte ich, wenn alles gut ging, nur eine Viertelstunde. Allerdings müssen die Vorbesitzer das Ding mächtig vollgeladen haben, bei längeren Fahrten merkte ich meinen Rücken. Soweit so gut. Und dann hatte Jupp wieder eine seiner Ideen. Er meinte, dass unser Grundstück doch groß genug wäre, um dort einige Autos abzustellen, an denen er dann rumschrauben würde, und unsere Garage würden wir doch sowieso nicht benutzen, und er würde uns, falls er die Wagen dann verkaufte, am Gewinn beteiligen. Das klang auch verlockend, weil er andeutete, es handle sich um Oldtimer, also richtige Liebhaberstücke, da wäre die große Kohle drin. Mein Mann sagte spontan zu, ich war skeptisch, wurde aber nicht gehört, Der Sohn unseres Nachbarn machte etwas ähnliches, und deswegen war der ganze Keller des Hauses voll mit Autoersatzteilen und alten Reifen. Ich wollte nicht unbedingt eine Gerümpelbude auf unserem Grundstück haben. Aber dazu kam es dann nicht mehr.

Eines Tages war wieder mal der wöchentliche Großeinkauf fällig. Dazu wollte ich in den Havelpark bei Dallgow fahren, das nahm einige Zeit in Anspruch. Mein Mann schlug vor, dass ich den Mercedes nehmen sollte, weil da mehr reinging, außerdem war beim Kaufland eine billige Tankstelle, und der Tank war fast leer. Ich kam also nach zwei Stunden wieder an, und direkt vor unserer Ausfahrt parkte ein weißer Polo. Ich stürmte herein und legte los: Wem gehört das weiße Auto vor unserer Ausfahrt??? Mein Mann: Dir!!! Ich: ???.

Es stellte sich heraus, dass das eine
Überraschung zum Geburtstag war,
Jupp hatte den weißen Polo im Angebot,
nachdem er reumütig zum Autohandel
zurückgekehrt war, und er hatte ihn
gegen den Roten eingetauscht. Ganz
korrekt mit Kaufvertrag für einem
weißen VW Marke Polo und einem
Verkauf für einen roten VW Marke Polo,
Käufer -Verkäufer, Datum, alles korrekt,
Kilometerstand siehe Tacho. Ich war
sehr überrascht und freute mich, und
zunächst war alles gut. Aber nach
Wochen fing Jupp an zu jammern, dass
er den Roten nicht loswürde. Aber wir
dachten, dass wir aus der Nummer raus
waren und sagten nichts dazu, als Jupp
uns mitteilte, dass er den Tacho
zurückdrehen würde, weil er das Auto
sonst nicht loswürde. Tatsächlich wurde
das Auto verkauft, an einen jungen
Mann aus Kleinmachnow, und der
verstand ein bisschen was von Autos
und schöpfte Verdacht. Er fand nämlich

eine Bescheinigung über die Abgasuntersuchung im Handschuhfach, und die zeigte einen ganz anderen Kilometerstand. Aber das erfuhren wir erst später. Jedenfalls klingelte eines Tages das Telefon bei uns, es meldete sich ein Unbekannter und erzählte uns, dass er einen Wagen von Automobile – Herzog gekauft hatte und wollte den Kilometerstand wissen. Ich erklärte ihm, dass ich das nicht so genau wüsste, weil ich als Überraschung den neuen Wagen bekommen hatte und beim alten nicht jeden Tag auf den Kilometerstand geguckt hätte, aber mit Hilfe der Juppschen Reparaturzettel sowie der letzten TÜV-Bescheinigung konnten wir rekonstruieren, wie der Kilometerstand gewesen sein musste. Ich sah in keiner Weise einen Anlass, hier nicht die Wahrheit zu sagen. Eines Tages flatterte uns ein Brief von Fabian Geyer ins Haus, in dem mein Mann in den Streit gerufen wurde, was auch immer das heißen sollte. Es ging darum, dass der Käufer des Wagens sein Geld zurück haben wollte, und Jupp hatte behauptet, er wüsste nicht, was mit dem Kilometerstand des Wagens sein, der Vorbesitzer müsste ihn manipuliert habe, Kurz und gut oder eher und schlecht, es kam zu einer Gerichtsverhandlung, bei der mein Mann als Zeuge aussagen musste. Meister Jupp erschien erst gar nicht und schickte seinen Rechtsanwalt, besagten Fabian Geyer. Da mein Mann als Fahrzeughalter als Zeuge geladen war, - nur er. Ich war nicht mit dabei bei der Verhandlung deshalb wartete ich draußen. Ich sah allerdings von weitem, dass der gute Jupp um das Gerichtsgebäude herumstrich, sich aber offensichtlich nicht hinein traute. Mein Mann erzählte mir später, wie es gelaufen war.

Die Richterin: Sie haben Herrn Herzog ein Auto in Kommission gegeben und den Kilometerzähler manipuliert!

Mein Mann: Erstens, es handelt sich um einen regulären Kaufvertrag, und zweitens weiß ich gar nicht, wie ich das machen sollte. Das stimmte zwar, er konnte nicht mal einen Nagel in die Wand schlagen, das interessierte aber nicht so sehr, sondern der Kaufvertrag war wichtig.

Also sie haben den Wagen regulär verkauft?

Ja, und vorher hat Herr Herzog ihn zwei Jahre lang regulär gewartet. Mein Mann präsentierte die Sammlung von Lohnzetteln, auf denen stand, was Herr Herzog gemacht hatte. Dann wendet er sich an den Herrn Geyer. Fabian, das ist doch Jupps Handschrift?

Die Richterin: Was, die Herren kennen sich?

Das musste Fabian Geyer zugeben. Ebenso dass es sich um die Handschrift von Herrn Jupp Herzog handelte. Dazu kam noch ein Bericht des TÜV, aus dem der korrekte Kilometerstand hervorging. Damit war die Sache eindeutig, und mein Mann wurde als Zeuge entlassen. Aber damit war auch die Freundschaft mit Herzogs am Ende. Das tat uns leid, aber einen so zu verarschen, das ging wirklich nicht. Der Käufer des Wagens hat uns übrigens kurz danach mal zum Essen eingeladen, es handelte sich um ein nettes junges Paar aus Kleinmachnow, die hatten ein süßes Baby, das sie gerade aus dem Krankenhaus abgeholt hatten, weil es als Frühgeburt monatelang dort gelegen hatte, als wir sie besuchten, wäre es bei einem normalen Geburtstermin gerade eine Woche alt gewesen. Also ein Haufen Sorgen, eine Frühgeburt mitten im Urlaub. Nicht mal zu Hause, sondern an der Ostsee. Weil sie nun oft an die Ostsee fuhren, um ihr Kind zu besuchen, hatte der junge Mann tüchtig Makrelen geangelt, und es gab also frisch geräucherte Makrelen zu essen, sie waren eine Delikatesse, aber mehr als eine habe ich nicht geschafft. Nebenbei erzählte er noch, dass er schon einen Verdacht geschöpft hatte, weil die Stoßdämpfer des Autos viel abgenutzter waren als der Kilometerstand er vermuten ließ. Und Herr Herzog habe ihm erzählt, der Wagen hätte einer sehr korpulenten Dame gehört, deswegen wären sie über Gebühr strapaziert worden. Da war bei mir dann endgültig Schluss. Ich bin zwar kein magersüchtiger Modeltyp, aber auch kein Fall für the biggest Fat Looser.

Wir hörten dann jahrelang nichts mehr von Jupp. Aber eines schönen Sommerabends saßen wir mit unseren Nachbarn von gegenüber auf der Terrasse bei einem Glas Wein, und da erzählte der etwas. Er hatte jahrelang im Knast gearbeitet, das nannte sich: Justizverwaltungshauptsekretär, war dann als Beamter wegen Rücken mit fünfzig in Pension gegangen, hatte aber noch Kontakt zu seinen ehemalige Kollegen. Wir fragten ihn, weil das Gespräch spontan darauf kam, ob ihm der Name von Mausi etwas sagte. Und da kam heraus, er kannte sie noch, und er verkündete: dass die jetzt ihrem Mann jeden Tag das Frühstück servieren würde. ??? Das macht doch jede gute Ehefrau. Ja, aber nicht im Rahmen ihrer Arbeit. Jupp saß also. Weswegen, das wusste unser Nachbar nicht, er hieß aber, er wäre in Autoschiebergeschäfte verwickelt gewesen, die bis nach Kasachstan gereicht hätten. Pech gehabt.- Schade um die Freundschaft. Aber wie heißt es auf gut Berlinisch: Jut isser ja, bloß toogen tut er nischt. Das ist die Geschichte von Jupp und dem Frühstück.

Gutbürgerlich

Essen gehen, das gehörte bei meinen Eltern in die Rubrik: das können wir uns nicht leisten. Es gab nur zwei Gelegenheiten, in denen das nicht galt: Wenn wir im Urlaub waren, da blieb uns nichts anderes übrig, aber da bestand dann die Auswahl nur in den jeweils billigsten Gerichten aus der Speisekarte. Und so was wie Kaffee trinken und Kuchen essen, das war absolut nicht drin. Und dann, bei meiner Einsegnung, da sahen meine Eltern ein, dass man zwanzig Personen nicht in unserer kleinen Wohnung zu Mittag bewirten konnte, und da wurde dann ein Tisch im Ratskeller bestellt. Und alle, die mich genauer kannten, wunderten sich, dass ich mir ausgerechnet Hühnerfrikassee mit Reis gewünscht hatte, denn ich galt nicht gerade als Freud von Reis. Aber das bezog sich besonders auf Milchreis, der bei meiner Mutter immer wie Tapetenkleister schmeckte. Vom Ratskeller hatten wir ein Angebot bekommen, mit etwa zehn Menüvorschlägen, aber da ich wusste, dass sowieso nur die billigsten gestattet waren, hatte ich die Auswahl zwischen Kassler mit Rotkohl und Hühnerfrikassee, und das erstere erschien wir dann doch etwas zu bescheiden oder wie es im Jargon heißt zu poplig, also entschied ich mich für Hühnerfrikassee.

Erst später wurde es üblich, dass man abends auch mal essen ging, aber das haben meine Eltern nicht mehr erlebt. Und da zeigte sich etwas Seltsames, die Restaurant, die man zum Essengehren aussuchte, waren allesamt ausländische. Ob es nun der Grieche, der Italiener oder wie es damals noch hieß, der Jugoslawe war, auch unter Umständen der Chinese, nur kein deutsches Restaurant. Woran das lag, habe ich noch zu Lebzeiten meine Eltern mal sehr genau mitgekriegt.

Wir waren irgendwo unterwegs, und es ergab sich die Notwendigkeit, zur Einnahme des Mittagessens ein Restaurant aufzusuchen. Das hieß dann auch „deutsches Haus", oder „Hamburger Hof", jedenfalls erschien es meinem Vater solide und bürgerlich genug. Das Innere ähnelte einer Werkskantine, war laut und verraucht, und ein Oberkellner in speckigen schwarzen Anzug geruhte uns nach einigen zehn Minuten zur Kenntnis zu nehmen, der muss gewittert haben, dass er an uns nicht viel verdienen würde. Wortlos wurden uns die Speisekarten hingeknallte, drei Stück. Ich war damals sechzehn, also war es nichts mehr mit zwei Essen und zusätzlichem Kinderteller.- „Aber wehe, du suchst dir was Teureres aus!!" Die Speisekarte war dick wie eine Bibel und enthielt, wie es aussah, Hunderte von Gerichten. Aber ganz am Anfang steckte eine maschinengeschriebene Tageskarte, und da war es: Das Tagesmenü, die drei

Gänge, billiger als alles sonst auf der Karte und absolut in unserem Preislimit. Wir bestellten es also, der Herr Ober knurrte „Jawohl!" und entschwand. Die Tagessuppe wurde sehr schnell serviert, oder eher, in gefühlten Hundertstelsekunden nach Aufgabe der Bestellung kam eine untergeordnete Bedienungsperson mit einem Riesentablett vorbei und knallte uns drei Tassen mit einer undefinierbaren Flüssigkeit hin, ich konnte lediglich einige mikroskopisch kleine Mohrrübenstückchen entdecken. Dann passierte erst mal gar nichts, beziehungsweise nach einer längeren Zeit kam die untergeordnete Person wieder mit einem Tablett vorbei und stellte uns drei vom vielen Abwaschen stumpf gewordenen Glasschälchen hin, richtige Finkennäpfe ,in denen sich zwei Pfirsichhälften aus der Dose langweilten. Schließlich kamen das Hauptgericht, zwei Scheiben undefinierbaren Fleisches, und ebenso undefinierbare Kartoffeln mit matschig gekochten Blumenkohl. Aber für das Geld konnte man wohl nicht viel mehr erwarten. Schließlich, nach mehreren Bitten geruhte der Herr Ober auch, unsere Zahlung entgegenzunehmen, und er ließ uns spüren, dass es unter seiner Würde war, solche Hungerleider wie uns überhaupt zu bedienen.

Wie anders war das doch, wenn man zu Giovanni, Kostas oder Sascha ging. Man wurde freundlich begrüßt: „Guten Tag mein Freund, auch mal wieder da?" Und dann gab es mit Sicherheit auch einen Grappa, Ouzo oder Sliwowitz vom Haus, auch wenn man das Zeug eigentlich nicht mochte, aber die Geste zählt, und man fühlt sich wie ein geschätzter Gast und bestellt dann auch mehr als man eigentlich wollte. Aber wenn man sich wohlfühlt, dann ist das eben so. Und das gut bürgerliche deutsche Restaurant ist darüber eben zugrunde gegangen.

Halt, ganz stimmt das doch nicht ganz. Wir waren im Urlaub öfter im Bayerischen Wald, und dort gab es sie noch, die gutbürgerliche Küche. Wir wohnten in einem Gasthof mit angeschlossener Metzgerei. Und jede Woche wurden sechs Schweine geschlachtet und alles wurde verwertet, von der Schnauze bis zur Schwanzspitze, und dann gab es auch Leber, Nieren, Hirn mit Ei, und der Schweinebraten schmeckte noch nach Schweinebraten, nicht nach wässeriger Chemie. Aber das waren damals eben noch Naturschweine.

Deutsche Küche gibt zwar heute auch noch, aber die ist eben tatsächlich oft unbezahlbar und dazu etwas extravagant. Das ist aber ein anderes Kapitel.

Das Grillen

Zum Grillen sind wir erst relativ spät gekommen, denn das muss man können. „Können" geht dabei in zwei Richtungen. Als Grundvoraussetzung braucht man entweder eine Laube oder ein Haus mit Garten. Und beides hatten wir als Bewohner einer Mietwohnung in Berlin nicht. Und man musste in Westberlin entweder SPD-Mitglied sein, um an eine Laube heranzukommen oder viel Geld haben, um ein Haus mit Garten zu besitzen. Beides traf auf uns nicht zu. Und können bedeutet auch, dass man grillen können muss. Der Erste, der sich ein Haus mit Garten zulegte, war der ehemalige Deutschlehrer meines Mannes. Der war nicht nur Deutschlehrer, sondern auch Künstler, genauer gesagt Bildhauer. Und der hatte nun für billiges Geld eine Bruchbude mit großem Grundstück erworben, und da er als Bildhauer mit Werkstoffen umgehen konnte, diese mit viel Eigenleistung zu einem netten Häuschen ausgebaut. Es reicht auch noch für einen zweiten Bau, ein Atelier für seine Skulpturen. Und als alles fertig war, lud er zu einer Einweihungsparty ein. Man musste nämlich immer zu ihm kommen, weil sie wegen des Kindes nicht weggehen konnten. Das Kind war damals dreizehn. Und als sie doch einmal bei uns zu Besuch waren, rief die Mutter alle Stunde zu Hause an ,ob alles in Ordnung war, und dann brachen sie auch recht früh wieder auf. Das Kind heiratete dann mit achtzehn einen Freund ihres Vaters, der war 52 und machte ihr ein Kind nach dem anderen. Aber zur Einweihung war das noch eine idyllische kleine Familie, zu gehörte auch Poldi, der Dackel. Der wird noch eine wichtige Rolle spielen. Als wir nun das Grundstück beraten, fiel uns gleich auf, dass am Eingang der eiserne

Rost und Fußabtreter fehlte, wir hielten das aber für eine Spätfolge der Bauerei, man kann ja nicht mit allen fertig werden, das passiert halt mal. Dass das ganz anders gemeint war, sahen wir erst später. Auf der neugebauten Terrasse war aus dem vom Atelierbau übrig gebliebenen Stein eine kaminartige Konstruktion aufgeschichtet, auf denen oben der Fußabtreter lag. Das sollte der Grill sein. Unter dem Rost waren Kohlen gestapelt, die versuchte der Gastgeber anzuzünden, und nach etwa zwanzig Minuten hatte er das auch geschafft, und die ganze Konstruktion hüllte sich in beißenden Rauch. Nach weiteren zwanzig Minuten wurden Bratwürstchen und Kammscheiben auf die Roste gelegt, und wir hofften, dass man sie vorher gründlich saubergemacht hatte. Das Ergebnis war, dass nach einer gewissen Zeit kohleartige Klumpen auf dem Ersatzgrill lagen. Der Gastgeber nahm das locker. „Kratzt nur das oberste ab. Dann ist das schon genießbar.!" War es aber nicht, innen war es halb oder sogar ganz roh, sogar noch blutig, und es schmeckte nach Rauch. Wenn seine Frau nicht so einen fantastischen Kartoffelsalat gemacht hat hätte, und das frische Weißbrot mit der Kräuterbutter war auch sehr lecker, dann wären wir ungesättigt geblieben. Nur Poldi freute sich, der Hund hatte einen Bauch wie eine Trommel und fiel in ein Verdauungskoma. Später erfuhren wir von der Frau des Hauses, dass der Hund die ganze Nacht gekotzt hatte, Gottseidank schlief Poldi draußen in der Hundehütte, und man fand die Bescherung im Garten.

Ganz anders verlief die Begegnung mit dem amerikanischen Grill. Wir hatten auf einer unserer Reisen Amerikaner kennen gelernt, mit denen wir auch heute noch befreundet sind, und die hatten uns zum Barbecue eingeladen. Das war nun nicht zu vergleichen mit unseren

Grillversuchen. Erstens hatten sie einen Kugelgrill mit Abdeckhaube, so etwas gab es bei und damals noch gar nicht, und dann zog das Fleisch bei niedriger Temperatur über mehrere Stunden auf dem Grill. Ob es nun die Zubereitung war oder ob das amerikanische Fleisch eine bessere Qualität hat, es schmeckte jedenfalls fantastisch. Nur eine Sache störte etwas, die Barbecue-Soße. Mei Mann bekam davon auch prompt Magenkneifen. Aber als gute Gastgeber bereiteten sie ihm seine Stücke ohne die Soße zu, und nur mit Salz und Pfeffer war das eine Delikatesse. Misstrauisch wurde ich, als ich im Keller einen Behälter sah, der einem Benzinkanister ähnelte und ein Etikett mit der Aufschrift Barbecue-Sauce trug. Ich dachte mit, dass da drin tatsächlich mal eine solche Soße gewesen sein musste, aber dass er jetzt als Aufbewahrungsort für eine Metall- und Rostgrundierung diente, so sah das Zeug jedenfalls aus. So was kann ja vorkommen, dass man gerade irgendeinen Behälter nutzen muss, den man zufällig hat. Ich selbst hatte auch mal Motorenöl für unseren Rasenmäher in eine Bierflasche von der örtlichen Autowerkstatt geholt. Aber in diesem Fall irrte ich mich, es war tatsächlich die Barbecue-Soße, obwohl sie eigentlich wie Entrostungsmittel schmeckte. Aber man musste sie ja wie gesagt nicht nehmen.

Inzwischen ist das Grillen reine Routine geworden und eigentlich nur dann interessant, wenn man als Gäste Mitwohnungsbesitzer hat. Hauseigentümer grillen alle selbst und haben das in der Regel schon über und wollen dann etwas anderes. Jedenfalls ist es eine dringende Empfehlung, vor dem Grillabend etwas zu essen, denn es kann Stunden dauern, bis der Grill betriebsbereit ist. Normalerweise gibt es zum Grill Salate, eventuell bringt jeder Gast auch einen selbst gemachten Salat mit, man muss sich nur absprechen , wer was macht, damit nicht viermal Kartoffelsalat auf dem Tisch steht, im Übrigen habe ich schon Salatakompositionen zu Gesicht bekommen, bei denen ich nicht sagen konnte, was drin ist. Aber mit Kartoffel – oder Nudelsalat kann man nicht viel falsch machen. Dazu gibt es Brot und Kräuter oder Knoblauchbutter, damit kann man sich sättigen, während man auf den Grill wartet. Dazu gibt es Bier, und da sollte man vorsichtig sein, wenn man das auf einen hungrigen Magen trinkt. Als erstes werden normalerweise Bratwürste gegrillt, die sind am schnellsten fertig, und werden mit einem „ah – endlich!“ erwartet. Aber die schmecken meistens nicht. Man lässt dazu besser Profis ran wie in Thüringen oder an der umgebauten Tanke in Kyritz, selbst kriegt man das nie so hin. Was das Fleisch angeht, das besteht meistens aus Kammscheiben, die sind billig und viel. Oft werden sie schon mariniert angeboten, aber ich bin da skeptisch, weil ich nicht weiß, was mit der Marinade übertüncht werden soll. Die andere Variante besteht darin, dass eine große Menge Grillsoßen bereitgestellt wird, die ähneln dem Angebot eines Baumarktes an Abtönfarben für da Streichen von Wänden. Und meistens will dann keiner mehr die Kammscheiben essen, weil alle schon vorher satt sind von den Salaten und dem Brot dick mit Butter bestrichen. Wie oft haben wir am Folgeabend noch eine Zweitauflage der Grillerei mit den Resten veranstaltet und sind dabei gut satt geworden. Aber wie gesagt, Grillen muss man eben können.

Unser Stammlokal, das kann wie gesagt, der Grieche, Italiener oder Jugoslawe sein, der allerdings heute darauf Wert legt, ein Kroate zu sein, und die meisten ehemals jugoslawischen Speisetempel werden auch von Kroaten geführt, denn das war auch das klassische Reiseland.

Nun haben sich alle diese Restaurants dem deutschen Geschmack angepasst, und sie haben nicht mehr sehr viel Ähnlichkeit mit der Esskultur in ihrer Heimat. Das sieht man besonders bei der türkischen Küche. Es gibt kaum echte türkische Restaurants in Deutschland. Die sind aber etwas für den gehobenen Genuss, denn die türkische Küche ist weitaus mehr als nur Döner und Falafel, etwas, was es in der Türkei in dieser Form eigentlich gar nicht gibt, aber darüber soll es hier auch gar nicht gehen, sondern um die anderen Formen des

„ausländischen" Essens, die gar nicht mehr so ausländisch sind.

Die italienischen Restaurants sind die ältesten, die es gibt. Ich erinnere mich noch, als es in der fünfziger Jahren Mode wurde nach Italien zu fahren, und dort zu zelten. Zunächst lebte man da von Konservendosen, aufgewärmt auf dem Campingkocher und Spaghetti waren etwas, was zunächst große Schwierigkeiten beim Essenbereitet, weswegen die Italiener auch pauschal als „Spaghettifresser" tituliert wurden. Inzwischen dürfte das kein Problem mehr sein, und niemand schneidet heute die Spaghetti klein, was die Essbarkeit übrigens auch nicht sehr erleichtert. Dass es sehr viel mehr Sorten von Pasta gibt, diese Erkenntnis kam dann viel später. Die Sensation der sechziger Jahre war dann die Pizza, die wurde zum Modeessen, vermutlich auch, weil sie sich mit Messer und Gabel leichter verzehren ließ als die vertrackten

Nudeln. Und jeder hatte nun sein eigenes Rezept, was alles auf die Pizza als Belag kommen sollte. Und so entwickelte sich in Deutschland der Restauranttyp der Pizzeria, in der man die Teigfladen mit allen beliebigen Varianten genießen konnte. So etwas hat es in Italien übrigens nie gegeben, da war eine Pizzeria so etwas wie eine Imbissbude a la die drei Damen vom Grill, und für billiges Geld wurde quadratische Teigstückchen,. Im Übrigen waren die sehr spärlich belegt und wurden vom Blech runter verkauft. Für arme Schüler auf Klassenfahrt, die sich ihr karges Essensgeld einteilen mussten, höchst willkommen, aber in Italien eben eine Arme-Leute-Speise.

In Deutschland hat sich uns als Standardtyp des Italieners folgender Typ Restaurant durchgesetzt: Die Ausstattung stammt aus einer Zeit von vor dreißig Jahren, rustikale Stühle und Tische, an der weiß gekalkten Wand hängen Korbflaschen und Fischernetze, ein Riesenbild von Neapel und dem Vesuv, eventuell stehen auf dem Tresen noch kleine venezianische Gondeln herum, die mit bunten Birnchen beleuchtet sind. Die Speisekarte ist sehr umfangreich, die besteht hauptsächlich aus Pizza und Nudelgerichten von billig bis teuer, wenn irgendwelche Meerestiere verwendet werden, dann wird es sogar sehr teuer. Es gibt auch Fleischgerichte, aber die sind noch eurer, die isst kaum jemand. Es gibt offenen Wein, der schmeckt so lala, dafür aber meistens eine wunderbare Kaffeemaschine, der Kaffee ist also immer gut. Man bestellt sich entweder eine Pasta oder eine Pizza, wenn man Glück hat, gibt es eine Tageskarte, dann ist die Pasta hausgemacht und schmeckt besonders gut und frisch. Der Wirt heißt Giuseppe oder Antonio, seine Frau du seine Kinder helfen auch im Restaurant, und es gibt der Öfteren oder fast immer einen Grappa oder einen Espresso auf Kosten des Hauses.

Im Übrigen sind italienische Restaurants ausgesprochen kinderfreundlich, was unter anderem auch daran liegt, dass man Kinder mit jeder Art von Nudelgericht oder Pizza auf die Dauer ernähren kann, ohne dass ein Protest erfolgt. Aber Kinder sind in Italien auch sonst sehr beliebt, ich erinnere mich, dass mein Onkel, der mit dem missglückten Fondue, mal mit seiner Familie in Urlaub nach Italien gefahren ist, von Basel ist das nicht so furchtbar weit, und, das war vor den Zeiten der EU, einmal mit dem italienischen Zoll bei der Einreise heftig aneinandergeraten ist. Ob zu Recht oder Unrecht, weiß ich nicht, als Grenzgänger an der Schweizer Grenze war er jedenfalls nicht ganz ungeübt im Schmuggeln. Jedenfalls tauchte seine kleine Tochter „Baby" plötzlich aus dem Tiefschlaf auf, und der Zöllner war so entzückt über die kleine Bambina, dass die Familie ungehindert passieren konnte.

Und damit ergibt sich eine Beobachtung, dass eine Pizzeria in Deutschland eigentlich gar nichts mit italienischer Esskultur gemeinsam hat. Eine Pizzeria wird man in Italien nur in Touristenhochburgen finden, ein echtes italienisches Restaurant funktioniert ganz anders.

Der erste Unterschied ist schon mal der, dass Essen gehen in Italien eine sehr teure Angelegenheit ist, der normale Italiener macht das darum auch sehr selten, und dass ist dann immer sehr aufwändig.

So ist es zum Beispiel undenkbar, dass man nur ein einzelnes Gericht wie Pizza oder Lasagne bestellt, es sind mindestens vier Gänge. Zunächst wählt man unter verschiedenen Vorspeisen aus, dann folgt eventuell noch eine Suppe, dann ein Nudelgericht und dann der Hauptgang, Fleisch, Geflügel oder

Fisch. Und danach noch ein Dessert, eventuell noch ein Gang mit Käse, aber das muss nicht sein. Und alles ist selbst im Haus gemacht, das wird erwartet.

In teuren Restaurants kann man das Nudelgericht und den Hauptgang auswählen. In einem italienischen Landgasthof habe ich es mal erlebt, dass die Padrona ein sechsgängiges Menü anbot, es gab eben nur dieses eine, es war aber von Anfang bis Ende selbst

Der Grieche

 Der Grieche ist mit das liebste Restaurant des Deutschen. Er heißt Hellas-Grill, Akropolis-Stuben oder Olympia-Grill. Es gibt ihn schon sehr lange, deswegen ist die Einrichtung auch in die Jahre gekommen. Sie ist in den Farben blau-weiß gehalten, das sind die griechischen Nationalfarben. Ansonsten gibt es viele Nischen, manche mit erhöhten Zugang von zwei Stufen, überall stehen Säulen aus Gips und viele nackte Götter und Göttinnen, auch aus Gips, herum. An den Wänden ranken Weinreben aus Plastik. Die Speisekarte ist übersichtlich. Es gibt auf jeden Fall eine Olympia-Platte oder einen Akropolis-Grillteller, der besteht aus diversen Sorten gegrilltem Fleisch, Pommes frites und Tsatsiki, der in großen Eimern aus der Metro herangekarrt wird und zu jedem Gericht aus der Karte gehört. Das Fleisch vom Grillteller ist nicht zu schaffen, es sei denn man arbeitet als Holzfäller. Vorher gibt es noch einen Salat aus grünen Bohnen, Gurken und Weißkraut, alles aus dem Glas. Der Grillteller ist zwar nicht billig, aber der Preis ist angemessen. Für den kleinen Geldbeutel gibt es der Gyros-Teller, darauf liegt UFO -unbekannte fleischliche Objekte-, kleingeschnitzelt, das könnte auch ein Veggie-Produkt sein, auf jeden Fall schmeckt es intensiv nach Knoblauch und ist auch so reichlich, dass man es nicht schafft. Dazu gibt es Tsatsiki und Salat. Ebenfalls zu empfehlen sind die Hackfleischgerichte, ob es nun Fleischbällchen sind, die statt Buletten bisteki heißen oder Fleischröllchen, das alles hält sich in einem angemessenen preislichen Rahmen und schmeckt gut. Zu trinken gibt es Wein, der wie beim Italiener so lala ist, und Bier, das recht gut ist.

Der Wirt heißt Kostas und hat das Restaurant schon sehr lange. Seine Frau arbeitet in der Küche und hat nicht viel zu sagen, sein Sohn besucht das örtliche Gymnasium und meistert das ganz gut, er ist auch ein Bestandteil der örtlichen Clique. Seine Tochter studiert, und da ist Kostas stolz drauf, auch wenn es ihm merkwürdig vorkommt, dass ein weibliches Wesen erfolgreich eine akademische Karriere vor sich hat, auch wenn Griechenland der Ursprung der Philosophie und Wissenschaften ist. Am Wochenende hilft die ganze Familie im Restaurant aus.

Zur Rechnung gibt es immer einen Ouzo vom Haus, und da die Portionen so groß sind, kann man sich den Rest auch einpacken lassen, jedenfalls kommt man gerne wieder.

Nun hat diese Form von Restaurant so gar nichts mit der original griechischen Küche zu tun. In Griechenland hat eine solche Lokalität den Charme eines Wartesaals vierter Klasse oder den eines Verhörzimmers in Nord-Korea. Die

Wände sind kahl und verraucht, an der Decke erstrahlen Neonröhren von der gemeinen bläulichen Sorte, auf dem Tisch stehen zerbeulte Aluminiumaschenbecher mit der Werbung der örtlichen Brauerei. Wenn jemand etwas essen will, wird eine Rolle Papier als Tischdecke ausgebreitet. Dann werden viele kleine Vorspeisen serviert, von gefüllten Weinblättern über Tintenfischstückchen bis zu Teigtaschen. Eine Speisekarte gibt es nicht, man geht in die Küche, dort sind alle Speisen vorbereitet, etwa gefüllte Tomaten, Paprikaschoten, Auflauf, oder geschmortes Fleisch, bei dem man den Verdacht bekommt, dass das Tier von einem Auto überfahren worden ist, weil man keinerlei Einzelteile mehr erkennt. Man zeigt auf das, was man haben will, und dann bekommt man das serviert, übrigens lauwarm, weil es schon lange in der Küche steht. Dazu gibt es einen Salat aus Gurke, Paprika Tomaten und Schafskäse sowie frisches Brot, was sehr gut schmeckt. Auch der Wein ist sehr anständig. Nach dem Essen gibt es einen Kaffee. Wer will, isst noch ein Dessert, was meist aus frischen Obst oder Karamelpudding besteht.

Aber in einem echten griechischen Restaurant sitzen üblicherweise nur Männer, und zwar den ganzen Tag, sie spielen Tricktrack und halten sich sehr lange an einer Tasse Kaffee fest. Erst durch die überschwappende Welle des Tourismus haben sich die Griechen daran gewöhnt, dass auch Frauen ein Restaurant aufsuchen, das waren dann meisten am Anfand hippiemäßige Rucksacktouristen.

Der Chinese oder angewandte Mathematik

Chinesische Restaurants gibt es schon sehr lange, sogar unsere Eltern und Großeltern erzählen schon davon. Sie liegen sehr oft in den oberen Etagen von Geschäftshäusern, aber da es dann fast immer einen Fahrstuhl gibt, ist das auch für nicht so mobile Leute kein Problem. Merkwürdigerweise sehen sie innen fast alle gleich aus. Die Dekoration ist in Rot, Schwarz oder Dunkelbraun und Gold gehalten, an den Wänden hängen exotische Landschaftsbilder oder Tuschzeichnungen von blühenden Zweigen. Die Tische sind mit reichlich schweren weißen Tischtüchern eingedeckt, obwohl die Gefahr des Kleckerns sehr hoch ist. Meist werden diese Lokalitäten von Familien betrieben, bei denen dann alle Angehörigen mithelfen, und das führt manchmal zu

Komplikationen, wenn die Bedienung gerade frisch aus China eingeflogen ist und kaum Deutsch versteht. Auffällig ist, dass die Bedienungen immer wie aus dem Ei gepellt wirken. Es kommt dann eine in Leder oder Kunstleder eingebundene Speisekarte an den Tisch, die sehr umfangreich ist. Und dann geht das Problem los. Die Bedienung versteht zwar Bestellungen wie: ein Bier, eine Cola, ein Wasser, aber mit den Speisen wird es dann schwierig, nicht nur weil es so viele sind. Da stehen dann chinesische Schriftzeichen, die man natürlich als normaler Mitteleuropäer nicht lesen kann, und daneben dann die Umschrift und die deutsche Übersetzeng. Das lautet dann etwa so. Nang gao pung Schweinefleisch mit verschiedene Gemüse. Aha. Wenn man nun dieses Gericht bestellen will, ist es relativ sinnlos, die deutsche Übersetzung zu benutzen, weil es unzählige Gerichte gibt, mit verschiedenem Gemüse, mal scharf, mal pikant und scharf, mal süßsauer. Und wenn man versucht, das Chinesische auszusprechen, wird die Bedienung gar nichts verstehen und im günstigsten Fall freundlich lächelnd durch einen durchschauen. Das Chinesische wird nämlich ganz anders ausgesprochen als es da steht. In Ansätzen haben wir das mal von einer reizenden chinesischen Wirtin in Tallahassee, Florida erfahren, die hatte ein Restaurant in der Nähe der Universität und war sehr gesprächig. Wir erfuhren zum Beispiel, dass der große Vorsitzende Mao Tse Tung ausgesprochen wird etwa wie Mo dse dong. Und der Pandabär aus dem Berliner Zoo, der damals noch lebte, hieß nicht etwa wie alle sagten Bao Bao, sondern BoBo. Das erklärte sie uns, nachdem wir ihr einen Bao Bao aus Plüsch als Souvenir aus Berlin geschenkt hatten. Und das ist nur ein einziger Laut, es gibt in China aber 24000 Schriftzeichen.

Gottseidank sind aber die Gerichte in der chinesischen Speisekarte durchnummeriert, und so bestellt man eben die 164 oder die 132. Das versteht die Bedienung dann auch. Das Essen kommt auch relativ schnell, und wird immer auf einer Warmhalteplatte serviert. Meistens ist es eine Riesenportion mit kleingeschnitzeltem Fleisch und Gemüse. Was es ist, kann man nur teilweise erkennen, aber da man ja sowieso nur Zahlen isst, ist das ja auch egal.

Dass das chinesische Essen auch sonst eher eine Frage der Mathematik ist, habe ich mal in einem chinesischen Schnellimbiss gesehen, bei dem man darauf warten konnte, dass die Speisen auf Abruf frisch zubereitet wurden. Nichts gegen die Qualität, es war frisch, heiß und schmeckte hervorragend. Und das Preis-Leistungsverhältnis stimmte und sauber war es auch. Also: Der Koch hatte vor sich Schüsseln mit etwa zehn verschiedenen Arten von Gemüse und vier Sorten Fleisch, nämlich Huhn, Schwein, ring und Krabben. Wenn man nun bestellte, auch wieder mit Nummern, dann suchte er aus den zehn Gemüsen jeweils fünf heraus und fügte eine Art Fleisch dazu. Als Mathematiker kann man sich nun leicht ausrechnen, wie viele Gerichte sich aus diesen Zutaten kombinieren lassen.

Ganz anders soll es nun in China zugehen. Abgesehen davon, dass es den Spruch gibt, dass die Chinesen alles essen, was vier Beine hat, außer Tischen und Stühlen, habe ich keine Erfahrung mit dem Essen dort, ich war nämlich nie da. Aber auch in den USA gibt es in jeder Großstadt eine Chinatown, und die ist sehr stilecht, vermutlich echter als das China der Großen Vorsitzenden Mao tse Tung. Und dort erlebt man zum Beispiel, dass die Enten als tote Vögel gerupft im Schaufenster hängen oder dass das Tagesgericht gebratener Tintenfisch ist, den man noch deutlich erkennen kann, und die Hygiene ist zwar romantisch, weil sie authentisch ist, aber jedes deutsche Lebensmittelaufsichtsamt würde die totale Krise kriegen. Auch die Gemüse sind dort reichlich exotisch, manche von denen hatte ich noch nie gesehen und wüsste nicht, was man damit anfängt, obwohl auch viele Sorten verwendet werden, die man auch in normalen Lebensmittelgeschäften zu kaufen kriegt. Auf jeden Fall wirken sie harmloser als manche Bestanteile aus dem Tierreich, und es gibt auch wunderbare vegetarische Gerichte in China, auch wenn das wohl keinen ideologischen oder religiösen Hintergrund hat. Und an die Zusammenstellung der Zutaten muss man sich gewöhnen und sie so zur Kenntnis nehmen wie sie sind.

Es war mal in Los Angeles in der Chinatown, da bestellten wir einen Businessmans Lunch, auch deswegen weil es nur etwa zwei Dollar kostete, der Dollarkurs war damals recht ungünstig, und wir bekamen gebratene Nudeln mit Blattspinat, Sojasprossen und Tofu mit Krabben, eine für uns ungewöhnliche Zusammenstellung, aber es schmeckte. Ganz anders in London, wo wir auch in ein chinesisches Restaurant gerieten, weil unsere Reiseleiterin uns dringend von der englischen Küche abgeraten und gewarnt hatte. Auch die war im Obergeschoss eines Geschäftshauses, und die Speisekarte war genauso unübersichtlich wie wir es von zu Hause kannten. Deswegen bestellten wir ein Überraschungsmenü für zwei Personen und bekamen eine riesige Schüssel reis und unzählige Schälchen mit den verschiedensten Gerichten. Man probierte hiervon und davon, und wenn eine Schüssel leer war, dann trippelte eine kleine Lotosblüte heran und stelle freundlich lächelnd ein weiteres Gericht hin. Es schmeckte hervorragend und war ebenfalls bezahlbar.

Einmal haben wir aber unseren Meister gefunden. Unser Hausarzt, mit dem wir auch privat befreundet waren, besuchte uns einmal mit seiner Frau, und wir hatten chinesisch gekocht, was wir inzwischen ganz gut beherrschten, und als Gag hatten wir auch Stäbchen hingelegt. Übersehen hatten wir, dass er einen Kurs für Akupunktur in China gemacht hatte und mehrere Monate dort gelebt hatte. Und somit beherrschte er die Stäbchen perfekt. Und auf die Frage, was es denn dort so zu essen gab, erklärte er, dass er Schlange und Krokodil gegessen hatte, ohne zu wissen was es war, und es hätte sogar geschmeckt.- Na ja. Wir wissen lieber, welche Zutaten wir um chinesischen Essen verwenden wollen, und nur wenn unser Hund ungezogen ist, dann heißt es: heute Abend gibt es Zwergpinscher chinesisch! Aber das versteht der Hund gottseidank nicht.

Lange habe ich überlegt, wie man über etwas schreibt, was es eigentlich gar nicht gibt. Und das ist die amerikanische Küche. Dass es die nicht gibt, habe ich schon in meiner Kindheit erfahren. Meine Tante Gudrun, die hatte es von einer Maidenführerin im Reichsarbeitsdienst nach 1945 in einer Rolle vorwärts zu der stellvertretenden Vorsitzenden des Deutsch-amerikanischen Frauenvereins gebracht. Mein Vater war sauer, weil er seine erste Frau bei einem amerikanischen Bombenangriff kurz vor Kriegsende verloren hatte, und so sah er in jedem Amerikaner den potentiellen Bomberpiloten, der die fragliche Bombe auf Berlin abgeworfen hatte. Und die Engländer und ihre Sprache konnte er sowieso nicht leiden, aber das war noch eine Folge des ersten Weltkriegs. Außerdem hatte er nie Englisch in der Schule gelernt und weigerte sich deswegen, die Sprache überhaupt zur Kenntnis zu nehmen.

Also, meine Tante Gudrun war nun eine der ersten, die amerikanische Austauschstudenten aufnahm, und da sie vor echtem pädagogischen Schrot und Korn war, sie hatte nach dem Krieg schwererziehbare Kinder unterrichtet, brachte sie ihren Austauschkindern deutsche Sprache und Kultur bei. Außerdem wurden sie · zu Adoptivkindern, nannten sie und ihren Mann Vati und Mutti, und die Kinder des Hauses wurden Geschwister auf Zeit. Der erste junge Mann kam aus einer wohlhabenden Bostoner Familie und brachte einer gewisse Bildung und Kultur mit, lernte auch recht gut Deutsch. Der zweite war ein Student der Theologie, alles verstehen heißt alles verzeihen, er war eine Seele von Mensch und im Übrigen ein begabter Zauberer , schwierig wurde es dann mit der dritten, die war eine junge Dame , deren Vater

Professor an einem College war, aber die war kapriziös. Erst machte sie sich an des ältesten Sohn des Hauses heran, der etwa in ihrem Alter war, außerdem war sie sehr wählerisch mit dem Essen, obwohl die Familie jahrelang in ärmlichen Verhältnissen gelebt hatte, bis der Vater einen sicheren Job hatte. Mit ihrer Mäkligkeit, da hätte sie sich mit meinem Vater treffen können, der ebenfalls sehr wählerisch mit dem Essen war. Trotz seiner antiamerikanischen Haltung hätte es da eine Seelenverwandtschaft geben können, aber mein Vater hatte den Standpunkt: Kinder müssten das essen, was auf den Tisch kommt, Privilegien gab es nur für den Haushaltungsvorstand.

Um dem guten Kind nun etwas zu bieten, nahmen Tante Gudrun und ihre Familie Becky mit in der Urlaub. Tante Gudruns Bruder hatte zu der Zeit eine Ferienwohnung in Spanien gekauft, und die konnten sie nun benutzen. Aber

Becky interessierte sich nun weder für Sand noch Meer, sondern nur für Jesus, das war der Kellner in dem benachbarten Restaurant. Sie brachte es fertig, nachts auszubüxen, Tante Gudrun tat vor Sorge kein Auge zu, und erst morgens um fünf schlich Becky leise, leise wieder ins Haus zurück. Am nächsten Morgen, sie erschien total verpennt und zerknautscht am Frühstückstisch, stellte Tante Gudrun sie zur Rede, besonders auch weil sie an ihrem Hals mehrere große Knutschflecke entdeckte. Auf die moralisch entrüsteten Vorwürfe von ihr, Tante Gudrun konnte so was sehr gut, erwiderte Becky: Mutti. Mutti, du hast nur vergessen, wie schön das ist! Seitdem gab es keine amerikanischen Austauschstudenten mehr, vielleicht auch weil ihre eigenen Kinder inzwischen erwachsen waren und ihre eigenen Wege gingen.

Aber zurück zur Küche. Becky war wie gesagt sehr mäklig mit dem essen, und als Tante Gudrun sie nun fragte, wie sie zu Hause denn essen würden, stellte sich heraus, dass es so etwas wie eine Esskultur eigentlich gar nicht gab. Darüber war Tante Gudrun sehr erstaunt, denn bei ihr gab es die echte altdeutsche Küche, insbesondere hatte die Familie eignen großen Garten, und selbstgezogenes Obst und Gemüse war ein wichtiger Bestanteil des Speisezettels, da spielte noch die Nachkriegszeit eine Rolle. Aus Becky war nun herauszulocken, dass bei ihr zu Hause eigentlich gar nicht gekocht wurde, sondern dass man sich das Essen aus der Imbissbude holte und nur auspackte und aß. Tante Gudrun erzählte das voller Entsetzen im Familienkreis. Ich konnte mir nun eigentlich nicht vorstellen, dass die führende Nation der freien Welt nur von den Erzeugnissen einer Würstchenbude lebte.

Diese Sicht der Dinge hat sich bei mir erst korrigiert, als wir selbst oft in den USA waren. Die Lebensmittel zum Mitnehmen in Amerika haben hat so gar nichts mit einer Berliner Currywurstbude wie die von den drei Damen vom Grill zu tun. Erstens gibt es Fast food in alles Geschmacksrichtungen von chinesisch bis mexikanisch oder auch speziell amerikanisch. Und es sind nicht nur Currywürste oder Buletten, sondern das Essen ist reichhaltig, preiswert und wohlschmeckend. Dahinter steckt, die amerikanische Philosophie vom Menschen als gut funktionierender Maschine. Um zu funktionieren, braucht der Mensch Nahrung, so wie ein Auto Benzin braucht, um fahren zu können, allzu viel Zeit sollte dafür nicht verschwendet werden, man hält sich ja auch nicht stundenlang an einer Tankstelle auf. Der Genuss und das Erlebnis wie in der französischen Küche sind dabei nicht vorgesehen. So habe ich etwa einmal in einem Restaurant mit dem goldenen Doppelbögen mitten in Dallas, Texas den Hinweis gefunden, dass man sich zwecks Einnahme einer Mahlzeit nur höchsten 30 Minuten in der Lokalität aufhalten dürfe, und da lief auch ein dicker Polizist mit Stetsonhut und offen gezeigtem Revolver herum und achtete auf die Einhaltung der Vorschrift. Aber das war Texas. In Chicago, in einem Viertel, das überwiegend von Leuten aus Osteuropa bewohnt war, sah ich mal, dass die alten Männer bei McDonalds bei einer Tasse Kaffee den ganzen Tag dasaßen und eine Zeitung nach der anderen lasen, wie in einem Wiener Kaffeehaus, und das wurde dort auch geduldet.

Also was ist nun die typisch amerikanische Küche? Es gibt sie, sonst hätte ich mit nicht ein etwa 500 Seiten starkes Kochbuch kaufen können, das randvoll mit den verschiedensten Rezepten ist. Und die Küche ist natürlich sehr vielfältig, im Süden merkt man des mexikanischen Einfluss, an der Atlantikküste gibt es Hummer und

Muscheln, nebenbei hätte ich da Probleme die manierlich zu essen, deswegen haben wir uns nie in die weitverbreiteten Restaurants mit dem Namen Red Lobster getraut, die einen riesigen Hummer im Logo hatten. Viel später haben wir erfahren, dass man das Hummerfleisch natürlich verzehrgerecht serviert bekommt, und dass es dort auch noch andere bequemer zu verzehrende Speisen gibt.

Eine eigene Sache ist die Küche von Louisiana, die sehr stark französisch und auch karibisch geprägt ist. Inzwischen kann man aber die entsprechenden Zutaten und Gewürze auch hier kaufen, aber ganz so wie vor Ort schmeckt es dann eben doch nicht. Und es gibt in dem Landstrich um New Orleans viele hervorragende Köche, die sich in Kochwettbewerben messen, aber eigentlich schmeckt alles gut. Ob es jetzt das Welsfilet mit der schwarzen Würze ist oder Buletten, die gibt es mit diesem

Namen da auch,   aber sie werden aus Fisch gemacht oder der Eintopf aus roten Bohnen mit Reis, das alles ist köstlich, und nicht umsonst ist dort auch die Tabasco-Sauce erfunden worden, wir haben sogar mal die Fabrik besichtigt. Aber die regionale Küche ist eben ein Sonderfall.

Unübertroffen sind auch die Steaks, die man eigentlich überall in Super-Qualität bekommt, und natürlich Hamburger, die billig sind, und wenn man ein Lokal mit der berühmten Marke betritt, weiß man eigentlich immer, was man bekommt und erlebt keine bösen Überraschungen, die gibt es nur beim Preis. Im südlichen Bezirk von New Orleans, eine sehr arme Gegend, da kostet ein Hamburger 35 Cent, aber in einem Lokal am Grand Canyon, es war übrigens das Einzige auf 100 Meilen im Umkreis, da wollten sie 1 $ 25 haben. Und MacDonalds hat mir die Logik des Kapitalismus vor Augen geführt: Ich bestellte mir mal einen Big

Mac und eine mittlere Cola. Der Junge am Tresen sagte mir: Bestellen sie doch das Menü, da sparen sie drei Dollar. ??? Ich erwiderte, ich lege keinen Wert auf die Pommes frites, das meinte es, ich solle das Menü doch ruhig bestellen und die Fritten wegschmeißen. Das widerstrebte mir, die ich aufgewachsen war mit dem Prinzip, dass man mit Lebensmitteln nicht aasen soll. Aber die Gesetze des Kapitalismus habe ich bis heute nicht verstanden.

Es ist uns übrigens gelungen, vier Wochen durch die USA zu reisen ohne ein einziges Mal Hamburger zu essen. Wie wir das gemacht haben? Nun, die ersten Tage haben wir bei unseren Freunden gewohnt, und die hatten wirklich eine tolle Küche, und ansonsten haben wir immer die Restaurants ausgesucht, in denen es die lokale Küche gab. Aber ganz sind wir nicht um die Fastfood Buden herumgekommen, aber das ist eine andere Geschichte.

Die Nouvelle cuisine

Es gibt und gab ja verschiedene modische Trends in der Küche, und da war etwas ganz Exquisites dabei, die Nouvelle Cuisine. Die sollte weg von fettem Fleisch und schweren Soßen zu einer leichten und bekömmlichen Ernährung führen, wobei die Zutaten sehr ungewöhnlich waren, sowohl von ihrer Art her als auch von ihrer Zubereitung. Als schlichte Normalbürger hatten wir allerdings wenig Zugang zu dieser Art von Nahrungszubereitung, und sie wirkte auch eher abschreckend, nachdem mir eine Kollegin mal von ihren Erfahrungen erzählt hatte. Ihr Mann war Arzt, und sie hatten Geld und deswegen waren sie auch regelmäßig Gast bei den Festspielen in Bayreuth. Das ist zwar nun eher schwere Kost, auch wenn das nur im musikalischen Sinn ist, aber das sich der Jet Set zu den Festspielen zu treffen pflegt, ist es kein Wunder, dass sich eins der ersten Lokalitäten mit dieser Art von Küche in Bayreuth auftat. Und meine Kollegin erzählte mir, dass sie tatsächlich mal das Geld ans Bein gebunden hatten, und dort gespeist haben. Und dass ihr Mann meine, das wäre das Geld nicht wert gewesen, man hätte sich hungrig gegessen und das Preis-Leistungsverhältnis wäre bei einer soliden fränkischen Bratwurst eher angemessen. Und das, obwohl sie leicht zum Snobismus neigten.

Nun ja. Meine erste Begegnung mit dieser Art von Speisen fand statt, als wir den Verkauf unseres ersten Hauses besiegelt hatten. Die Käufer luden uns nach dem Notartermin in ein Restaurant ein, das wir zwar als gutbürgerlich aus früheren Zeiten kannten, aber es hatte sich völlig gewandelt. Es sah gar nicht aus wie ein Restaurant, sondern eher wie ein Antiquitätengeschäft mit viel Plüsch, Bildern und Nippes. Für uns war ein Tisch reserviert, und uns fiel auf, dass die Bedienung nicht die übliche Kleidung trug, sondern weiße Poloshirts und dazu lange Schürzen in Schwarz, aber das war auch so eine Art von Uniform. Auf dem Tisch lagen schwere Tischtücher und Servietten und furchtbar viel Besteck. Des Weiteren gab es keine Speisekarte, sondern der Chef des Hauses trat an den Tisch und empfahl das heutige Menü. Es fing an mit einem „Gruß aus der Küche". Es wurden kleine Teller serviert, und darauf lagen irgendwelche Stückchen, die man gerade noch so als Gemüse identifizieren konnte. Sie schmeckten zwar nicht schlecht, aber man konnte nicht sagen, in welcher Würze man sie behandelt hatte. Dann empfahl der Chef ein Schaumsüppchen. Süppchen traf die Sache recht gut, denn die Portion war wirklich winzig. Dazu wurde ein Wein kredenzt, der zwar sehr edel schmeckte, aber nur ein „wönziger Schlock" . Dann passierte eine ganze Weile gar nichts, bis ein Riesenteller auf den Tisch kam, auf den ein winziges Stück Fisch mit diversem Grünzeug malerisch drapiert war, Das sah zwar sehr künstlerisch wertvoll aus, aber man wusste nicht, was nun von den Beilagen essbar war und was nur Dekoration. Aber der Fisch schmeckte hervorragend. Nun passierte eine ganze Weile wieder nichts, aber das viel nicht weiter auf, weil wir uns sehr lebhaft unterhielten und die aufmerksame Bedienung immer wieder kleine Schlückchen Wein nachschenkte. Das nächste war eine Timbale von Hasenleber-was ist eigentlich eine Timbale oder spricht man das französisch aus??? Ich weiß es nicht, jedenfalls hätte man eine Lupe gebraucht, um das Ding auf dem Teller zu finden. Dann trat der Chef wieder an der Tisch und empfahl das Hauptgericht, eine Ente mit einem exotischen Namen, an einem Dialog von in kaukasischen Nussöl frittierten

Hofgartengemüse mit Orangensoße von katalanischen handgepflückten Wildorangen. Auch dieser Teller sah aus wie ein abstraktes Gemälde, aber er war sehr schnell leer gegessen. Als Nachtisch wurden dann Erdbeeren serviert, die angerichtet waren mit einer Chili-Senf-Soße auf Balsamico-Basis. Ich dachte nun, dass der Chef endgültig einen an der Waffel hatte, aber die Mischung schmeckte sogar. Dann gab es zum Abrunde einen Framboise, der entpuppte sich als Himbeergeist, und er schmeckte sehr edel. Wie sich später herausstelle, kostete der auch 40 DM, das Glas, nicht die Flasche und das ganze Menü hatte 170 DM gekostet, wohlgemerkt für eine Person, aber unser Hauskäufer rechnete das auf Spesen ab, der war Unternehmer eines kleinen mittelständischen Betriebes. Mein Fazit war: man hatte sich zwar gut unterhalten und konnte extravagante Designteller bewundern und das Ganze hatte stundenlang gedauert, aber mit Essen hatte das nur bedingt zu tun.

Viel später ging ich mal an dieser Lokalität vorbei, und da stand dann das Tagesmenü handgeschrieben draußen im Schaukasten. Und das war wieder :Der Dialog von Maishähnchen an braisiertem Gemüsebett(was zum Teufel ist braisiert) auf einem Schäumchen von Sauerampfer (igitt-Unkraut). Und ich kam zu dem Schluss, dass das Ganze zwar sehr interessant war, wenn es um blumige und poetische Wortschöpfungen ging, aber unter einem richtig guten Essen stelle ich mir schon etwas anderes vor. Es muss ja nicht gleich so ein Riesenteller sein wie etwas in Olafs Werkstatt, der für einen normalen Esser kaum zu schaffen ist, aber wenn sich irgendwelche eigenartigen Zutaten hinter einer zugegeben kreativen kulinarischen Kunstsprache verstecken, da bin ich eher skeptisch.

Essen in Frankreich, das ist dort nicht nur die reine Nahrungsaufnahme, sondern ein Zeichen der Kultur. Und das bedeutet, dass ein echtes französisches Essen weitaus mehr ist als die Zufuhr von Nährstoffen. Ein echtes französisches Essen besteht grundsätzlich aus mehreren Gängen und ist eine Gelegenheit, bei der sich die gesamte Familie trifft und miteinander redet. Und französische Familien sind immer sehr groß, dank der Familienpolitik der letzten 70 Jahre. Und ein echtes französisches Essen zieht sich über viele Stunden hin, mit Pausen zwischen den einzelnen Gängen. Und das sind dann in der Regel sechs bis sieben Gänge. Dieses Zelebrieren von Essen kann für Berufstätige nur an Sonntagen stattfinden, aber deswegen haben die Geschäfte und Märkte in Frankreich auch am Sonntag zwischen 10 und 12 Uhr geöffnet, damit man die besten und frischesten Zutaten bekommt. Im Gegensatz zur Nouvelle cuisine bei der zwar die Zahl der Gänge geblieben ist, aber das Essen so gut wie verschwunden, kann man sich bei einem echten französischen Essen richtig den Bauch vollschlagen, deswegen auch die Pausen zur Erholung, damit wieder etwas reinpasst.

Als Tourist muss man sich daran gewöhnen dass ein Restaurantbesuch in Frankreich eine teure Sache wird und dass man nie weiß, was die Sache letztendlich kosten wird. Es wird erwartet, dass man mindestens drei Gänge zusammenstellt, ein Tellergericht wie in Deutschland ist undenkbar, und bezeichnenderweise gab es in der achtziger Jahren in einer französischen Metropole wie Straßburg keine einzige Hamburgerbude. Zu den einzelnen Gängen kommt dann noch Gedeck und Bedienung, und es wird erwartet, dass man dazu Wein trinkt und nicht so etwas wie Fanta oder Cola, höchstens Mineralwasser.

Reeller ist da schon das Tagesmenü zu einem festen Preis, das besteht aus einer kalten Vorspeise, einem Hauptgang und einem Dessert und da es täglich frisch zubereitet wird, ist das auch meistens eine richtige Entscheidung. Jedenfalls muss man sich bei einem Besuch in Frankreich darauf einstellen, dass das Essen eine bedeutende Sache ist.

Nun hatte man zu Westberliner Zeiten die Möglichkeit, die original französische Küche auszuprobieren, ohne den Weg nach Frankreich machen zu müssen. Die französische Besatzungsmacht oder wie sie zuletzt hieß, Schutzmacht hatte ihr eigenes Wohngebiet im Norde Berlins mit Wohnsiedlungen, Schulen, Einkaufsmöglichkeiten, Kino und Restaurant. Dass das Verhältnis zwischen der Berliner Bevölkerung und den Franzosen entspannt bis gut war, ergaben sich da viele Kontakte. Wenn zum Beispiel die französischen Truppen nach einer gewissen Zeit nach Frankreich zurückverlegt wurden, fuhren sie vom Militärbahnhof in Berlin Tegel ab, und da gab es dann viele tränenreiche Abschiede zwischen den jungen Soldaten und den Berliner Mädchen. Eigenartigerweise waren es immer dieselben Mädchen, aber immer andere Soldaten, die sich da verabschiedeten. Viele Soldaten heirateten auch deutsche Frauen und blieben in Berlin. So ist es auch nicht verwunderlich, dass die französischen Einrichtungen auch der deutschen Bevölkerung offenstanden, während die Amerikaner ihre Quartiere streng bewachten und ohne Legitimation keinen reinließen. Der Sohn meiner Tante Gudrun hat es mal geschafft, weil er als Austauschschüler in der USA war und bei seiner Rückkehr einen gültigen amerikanischen Führerschein besaß.

Die Engländer dagegen hatten sich so sehr abgeschottet, dass sie man sie überhaupt nicht wahrnahm.

Jedenfalls gab es nun in der Cité Foch, der französischen Wohnsiedlung ein französisches Restaurant, das auch für deutsche Gäste zugänglich war, man musste nur reservieren. Wir besuchten das einmal mit unseren Schwiegereltern und dem damals besten Freund meines Mannes, Rene, und dessen Eltern. Der jobbte neben seinem Studium als Kellner und kannte daher diese Einrichtung. Wir gingen also dorthin, und hatten den Eindruck, dass die Atmosphäre genauso wie in Frankreich war, nur dass das Haus ein moderner Bau war, nicht so ein altehrwürdiger Tempel wie das etwa in Paris bei Restaurants üblich ist. Das Menü war vorbestellt und die Veranstaltung lief mir der Präzision eines Uhrwerks ab und wir waren sehr zufrieden.

Wir merkten uns das als möglichen Geheimtipp. Mit unseren Nachbarn gegenüber unternahmen wir damals ziemlich viel, das waren die, die uns in das Etablissement mit der Nouvelle Cuisine gebracht hatten, und nun wollten wir mit ihnen mal ein echt französisches Restaurant gehen. Sie brachten außerdem noch Freunde aus ihren Segelverein mit, die das Ding schon kannten, und so reservierten wir einen Sechsertisch. Groß war die Überraschung, als wir bei unserem Eintreffen eine dicke, etwas abgegriffene Speisekarte bekamen, nur auf Französisch. Und die Bedienung war ein junger Mann, offensichtlich ein Soldat, den man in eine Kellnerlivree gesteckt hatte, und der zwar die Regeln der Bedienung beherrschte, aber kein Wort Deutsch sprach und das wohl auch nicht wollte. Die Vertreter der Grande Nation meinen, dass jeder, der sich mit ihnen beschäftigt sich des Umgangs mit der französischen Sprache befleißigen sollte.

Nun ist mein Verhältnis zur der französischen Sprache schwierig bis gestört. In der Schule war es nicht vorgesehen, und als eine Arbeitsgemeinschaft in der zehnten Klasse angeboten wurde, da fand diese in der nullten Stunde also um 7 Uhr morgens oder in der siebenten und achten Stunde nach dem Sportunterricht statt. Also war man immer müde. Denn nullte Stunde bedeutete um sechs aus dem Haus gehen. Und nach sechs Wochen war ich in der Lage, die Gegenstände des Klassenzimmers zu benennen, mehr nicht. Mein Mann hatte zwar sieben Jahre Französisch in der Schule gehabt und im Abitur einen Aufsatz über Sartre und die Existenzialistische Philosophie geschrieben, aber für eine Essensbestellung nützte das gar nichts. Während des Studium hatte ich zwar eine Klausur zum Nachweis meiner Französischkentnisse schreiben müssen und dafür auch Kurse belegt, aber da ging es um französische Fachtexte zur Geschichte, und das habe ich zwar irgendwie hingekriegt, aber Speisekarte...nix. Vor etwa vierzig Jahren lief zwar im ZDF ein Französischkurs, der hervorragend war, und der praktische Kenntnisse vermittelt, aber das war wie gesagt vierzig Jahre her. Trotzdem konnte ich noch erkennen, das Boeuf Rind, Porc Schwein und Poulet Hühnchen, bedeutete, und dass Sanglier Wildschwein bedeutet, wusste ich als eingefleischte Asterix- Leserin. Ich bestellte das dann auch, weil ich wusste, dass die Franzosen die Oberhoheit über ihren Teil der Berliner Forsten hatten, und daher vertraute ich auch der Angabe. Bei den Fischen traten dann ganz seltsame Bezeichnungen aus, mit denen ich nichts anfangen konnte, aber Fisch wollte ich sowieso nicht essen. Jedenfalls bestellte wir erstmals eine Vorspeisenplatte für sechs Personen, bei der ich den Verdacht nicht loswurde, dass man da etwas geknappst hatte, aber naja. Dann bestellten wir die Hauptgerichte. Gottseidank waren die Beilagen schon eingeschlossen, das ist sonst in Frankreich eigentlich nicht üblich, da sucht man sie alle extra aus und bezahlt das dann auch extra. Erstmals passierte gar nichts. Dann kam der garcon mit zwei großen Tellern, auf dem eines lag ein Fisch unbekannter Art mit Kopf und Schwanz, auf dem anderen Schweinebraten. Beides hatte keiner an unserem Tisch bestellt. Verunsichert schaute er sich um, wo die Bestellung jetzt hingehen sollte. Dann bekamen zwei Leute ihr Essen, dann nach einer Viertelstunde zwei weitere, und dann brachte er die letzten beiden Teller, aber wieder etwas Falsches. Ein offensichtlich französisches Ehepaar am Nachbartisch sahen zu uns hinüber, wir zu ihnen, und man verstand sich auch ohne Worte, die hatten mitgekriegt, was das los war. Dann wollte unser Freund ein Glas Rotwein bestellen, und der Kellner brachte einen Weißwein. Und so ging es immer weiter. Ich hatte einen Kaffee bestellt und bekam einen Martini, statt einer zweiten Flasche Mineralwasser, die wir für alle bestellt hatten, servierte er eine Literkaraffe Rotwein und behauptete, die hätten wir bestellt, und statt der erwünschten Käseauswahl gab es Karamelpudding. Die Krönung war, dass sich bei der Rechnung herausstellte, dass bis auf die erste Bestellung alle Getränke vergessen worden waren, und der garcon , der mit der computergedruckten Rechnung dastand und wartete, ließ sich auf keine Diskussion ein, was wir gehabt und was wir nicht gehabt hatten. Schließlich bezahlten wir das ganz und machten und schnell und unauffällig vom Hof. Vive la France.

Das Fondue

Es gibt viele Dinge auf der Speisekarte, die der Mode unterworfen sind. Manche verschwinden wieder wie der Käseigel oder das Hackfleischschiffchen, die gelten aber schon wieder als nostalgisch und sind wieder in, neue Dinge sind zum Beispiel veganes Essen, bei dem man eher Kunststoff zu sich nimmt als nur etwas Tierisches. Andere Dinge wiederum sind ganz und gar verschwunden, und das ist nicht einmal schade. Dazu gehört das Fondue. Ich muss zugeben, ich bin mit dieser Art von Speise niemals warm geworden. Als wir vor etwa vierzig Jahren geheiratet haben, war das Fondue die große Mode. Vermutlich deswegen haben wir dann auch zur Hochzeit drei Fonduesets geschenkt bekommen, benutzt haben wir soweit ich mich erinnern kann nur eins, die anderen sind irgendwann bei einem unserer damals zahlreichen

Umzüge verschwunden. Nein, ich bin kein Freund von Fondue. Erstens ist das eine sehr aufwendige Sache, man braucht zum Beispiel sehr hochwertiges Fleisch wie Rinderfilet oder Schweinemedaillons, und davon eine ganze Menge, wenn man satt werden will. Aber das ist so eine Sache beim Fondue. Man spießt also das Fleischstück auf die Gabel und versenkt es in dem siedenden Öl. Dabei muss man genau aufpassen, es kommt in drei Zuständen aus dem Öl: 1. Außen verbrannt, innen roh; 2. Gerade richtig; 3. Total durchgegart, zäh und ungenießbar. Merkwürdigerweise tritt zu fast immer Fall 1 oder 3 ein, Fall 2 so gut wie nie. Aus jeden Fall muss man warten, wenn das Fleisch aus dem heißen Öl kommt, sonst verbrennt man sich mit Verlaub gesagt die Schnauze, oder man wartet zu lange, dann ist das Ganze ungenießbar. Also nichts, wenn man hungrig und somit ungeduldig ist. Ein Fondueset wird auch mit Brennspiritus angeheizt, und das ist in Verbindung mit heißem Öl nicht ganz ungefährlich. Geschmack bekommt das Fleisch durch diverse Soßen, die es damals in großer Vielfalt zu kaufen gab, Scharf, pikant, süßscharf, mit Kräutern oder Knoblauch, und alle schmeckten nach Kleister, wenn man sie mit dem heißen Fleisch vermengte. Sie sind heutzutage als Grillsoßen wiederauferstanden, aber ihre Konsistenz hat sich nicht geändert. Jedenfalls erinnere ich mich, als wir mal von einem Fondueessen nach Hause kamen, fragte mich mein Mann: „Sag mal, kannst du mir noch mal ne schöne Schmalzstulle mit Harzer machen?" Also ein Fondueessen ist wie gesagt nicht für richtigen Hunger, und heutzutage im Zeitalter des veganen Essens vermutlich auch verpönt, weil man wie gesagt nur die besten Fleischstücke verwerten sollte. Welche Verschwendung. Überhaupt soll ja der Verzehr von zu viel Fleisch ungesund sein, aber da besteht beim Fondue wohl keine Gefahr, man isst sich wie gesagt hungrig, und es dauert stundenlang.

Fondue – das Original

Ein ehemaliger Schüler meines Mannes war neben mehreren andren Staatsangehörigkeiten auch Schweizer. Und Fabian klärte uns auf, dass das eigentliche Fondue aus geschmolzenem Käse bestand, der dann mit Brotstückchen aufgenommen wurde. Und er wusste auch, dass es in der Schweiz Brauch war, wer das Brot von der Gabel verlor, musste eine Runde Kirschwässerli oder Pflümli ausgeben. Und weil so etwas öfter passierte, kann man sich die Folgen eines solchen Fondueabends leicht ausmalen, das Ganze ist sehr schön in dem Heft „Asterix bei den Schweizern" beschrieben, als besonderer Gag kommt noch dazu, dass geschmolzener Käse dazu neigt, Fäden zu ziehen. Aber davon soll jetzt keine Rede sein, sondern es stiegen bei mir Erinnerungen aus meiner Kindheit auf, meine allererste Begegnung mit einem Fondue. Ein Onkel von mir wohnte damals mit seiner Familie in Laufweite der Schweizer Grenze bei Basel, er arbeitete auch in der Schweiz, natürlich bei einer Uhrenmanufaktur, jedenfalls besuchte uns mal die ganze Familie, als ich so etwa zehn Jahre alt war. Die Familie bestand neben Onkel und Tante aus einem Sohn, der sich mit vierzehn Jahren äußerst erwachsen vorkam und seiner eigenen Wege ging, und seine Schwester, die mit sieben Jahren Abstand zu ihrem Bruder zur Welt gekommen war und deswegen den Spitznamen "Baby" trug. Ich glaube, die heißt heute noch so, auch wenn sie inzwischen Mitte sechzig ist, Namen aus der Kindheit haften zäh. Baby war nun zwei Jahre jünger als ich und wie mein Vater sich ausdrückte „eine Type" Sie kriegte es fertig, zu sagen: Nein, das esse' ich nicht: Und dann hieß es, ach du armes Kind, willst du etwas anderes? Wenn ich mir das erlaubt hätte dann hatte ich die Auswahl: Du isst was auf den Tisch kommt oder es setzt was – oder: dann kriegst du eben gar nichts – oder denk doch an die vielen armen Kinder, die gar nichts zu essen haben. Ach wie gerne hätte ich denen das Essen gegeben, was ich nicht mochte, aber da gab es ja keine Möglichkeit. Ebenso verkündete Baby, Nein, das zieh ich nicht an! Das wurde als besonders niedlich angesehen, ich hätte mich das nie getraut, dann hätte es wirklich den Satz warme Ohren gegeben, obwohl ich die meisten Stücke meiner Kleidung hasste, denn die waren immer vererbt von anderen und waren zwar sauber und nicht zerrissen, sahen aber oft komisch aus und ich wurde in der Schule ausgelacht. Aber ich hatte keine Wahl. Außerdem bestimmte Baby, was wir wann zu spielen hätten, wenn sie Lust auf Mühle oder Dame hatte, dann wurde das Gespielt, ebenso Stadt-Land oder andere Schreibspiele, und immer hieß es: Sie ist dein Gast, du musst dich nach ihr richten. Oder: Sie ist doch die Kleinere, du musst sie schon mal gewinnen lassen. Jedenfalls konnte ich sie von ganzem Herzen nicht leiden.

Wie dem auch sei, da Onkel und Tante nun an der Schweizer Grenze wohnten, war Fondue für sie ein durchaus alltägliches Essen, und sie versprachen, sie würden auch bei ihren nächsten Besuch eins für uns machen. Ich war schon ganz aufgeregt, denn mein Horizont, was Essen angeht, bewegte sich zwischen Kartoffeln, Nudel und Eintopf, und ich war maßlos neugierig, und als sie endlich da waren, fragte ich jeden Tag: „Gibt es heute Fondue?" Schließlich wurde beschlossen, das Fondue zu machen. Sie hatten die erforderlichen Gerätschaften von zu Hause mitgebracht, mit Auto war das kein Problem, da war einmal ein runder Halter mit einem Brenner in der Mitte, den nannte die Tante ein „Rescho." Betonung auf der ersten Silbe. Erst viel später erfuhr ich, dass so etwas französisch ist und Rechaud heißt, was so viel wie Warmhalter bedeutet. Dazu kam ein rundes Gefäß, was große Ähnlichkeit mit den Behältnissen hatte, die man nachts diskret unter das Bett schiebt, es hatte aber keinen runden Henkel, sondern einen langen Stil wie eine Pfanne. Das war die Fonduekachel. Dazu kamen die langen Gabeln. Alle anderen Zutaten mussten wir bei uns besorgen. Der Brennspiritus war das kleinste Problem, damals wurden alle möglichen Chemikalien in der Drogerie lose verkauft, von der Salzsäure bis zur Natronlauge. Das Brot? Weißbrot war zu weich, Graubrot zu fest, aber bei unserem Bäcker gab es so genanntes Schwarzwälder Brot, das war heller als Mischbrot, aber dunkler als Weißbrot, und meine Tante befand es für gut. Käse? Natürlich Schweizer Käse. Der gehörte nun normalerweise zu der großen Gruppe von Dingen mit der Überschrift: das können wir uns nicht leisten — aber es war nun mal einzusehen, dass an ein echtes Schweizer Fondue auch echter Schweizer Käse gehörte. Und auf dem nahe gelegenen Wochenmarkt gab es auch einen Stand, der war so eine Art Vorläufer vom Käse-Paul, und der hatte auch Schweizer Käse. Auf die Frage meiner Tante, ob das auch echter Schweizer Käse sei, antwortete Käse-Paul: Jungefrau, wollense den Käse essen oder Geldgeschäfte mit ihn machen? Det iss janz echter Schweizer Käse! Und im Westberlin der 50er Jahre waren wir eigentlich froh, dass es satt zu essen gab, und solche Feinheiten wie echter Schweizer Käse, damit kannten wir uns eigentlich gar nicht so gut aus, wir wussten nur, dass das der Käse mit den großen Löchern war. Und ob der Käse wirklich aus der Schweiz kam, das ließ sich nun wirklich nicht feststellen, der hieß einfach so. Viel später haben sich die Schweizer ihren Namen schützen lassen, und da durfte etwa der Allgäuer Emmentaler nicht mehr als solcher verkauft werden, sondern nur noch als Viereck-Hartkäse, aber das klang dann eher nach Baumarkt als nach Lebensmittel. Wie dem auch sei, es wurde also ein Riesenstück Käse gekauft, und meine Mutter jammerte, wie teuer das war, aber dass wie gesagt zu einem echten Schweizer Käsefondue auch echter Schweizer Käse gehörte, dass musste sie einsehen. Weißwein und Speisestärke hatten wir im Haus, und die Bedenken, dass Kinder ein weinhaltiges Essen zu sich nehmen sollten, wurden mit dem Argument entkräftet, dass der Wein bei der Zubereitung verkochen würde und in der Schweiz würden alle Kinder das Fondue so essen und keine Schaden nehmen. Aber nun kam das nächste Hindernis. Hast du eine Reibe? Ja, hatte sie, damit konnte man Mohrrüben, Sellerie, Zitronenschale, Gurke und alles möglich reiben, aber für Käse war das Ding denkbar ungeeignet. Es entwickelte sich ein feuchter Hafen aus Käsematsch, der die Reibe so verklebte, dass sie nicht mehr funktionierte, und sie musste alle zehn Minuten notdürftig sauber gemacht werden, um zu funktionieren. Es dauerte etwa eine Stunde bis der Käse gerieben war, und meine Tante sah schon sehr skeptisch aus. Und dann sollte das Brot noch geschnitten werden, nicht in Scheiben, sondern in Würfel. Ich war fasziniert und beobachtete alles ganz genau. Und da kam es wie ein Donnerschlag: Du gehst jetzt ins Bett. Ich durchforstete in Bruchteilen von Hundertstelsekunden meine Missetaten, was eine Strafe wie Ins Bett stecken rechtfertigen würde, konnte aber nichts finden. Und spontan rutschte mir raus: Was hab ich denn gemacht? –Keine Widerrede, du gehst jetzt sofort ins Bett. Zum Essen kannst du dann wieder kommen! -???- Es war gerade halb sieben. Und mit zehn Jahren muss man nicht um halb sieben ins Bett gehen, außerdem durfte meine Kusine aufbleiben, und die war zwei Jahre jünger als ich. Das ging ja nun schon gar nicht. Diese Argumente brachte ich dann auch vor. Und da sagte dieses Balg: „Du kannst doch froh sein, wenn du zum Fondue wieder geweckt wirst!" Das langte mir nun endgültig, und ich habe ihr erst mal eine geknallt. Und dass ich dann ins Bett gesteckt wurde, ohne am Fondueessen teilnehmen zu dürfen, das habe ich in Kauf genommen, jetzt wusste ich wenigstens wofür ich bestraft wurde. In übrigen berichtete mir mein Vater später, dass ich nichts versäumt hätte. Das sogenannte Fondue bestand aus einem Käseklumpen, der in einer Soße von Stärke und Weißwein schwamm, die große Ähnlichkeit mit dem hatte, was wir als Eierpampe bezeichneten. Kurz, es war nicht zu essen. Und mein Vater, der sowieso ein mäkliger Esser war, meinte, mit so einem Fraß brauchte man ihm nie wieder zu kommen.

Viel später habe ich gesehen, wie das mit dem Fondue wirklich geht. Es gab im

Fernsehen eine Musiksendung mit dem Titel „Hotel Victoria" Die wurde moderiert von dem bekannten Schweizer Unterhalter Vico Torriani. Und der war neben seinem Talent als Sänger und Musikkünstler auch gelernter Schweizer Gastronom. Und der zeigte nun, wie das mit dem Fondue wirklich geht. Das ging scheinbar innerhalb von fünf Minuten, aber das lag vermutlich auch an der Regie. Bei ihm wurde der Käse nun in eine Art Schraubstock gespannt, mit einer Art Kurbel ober dran, das Ding sah aus wie das, was meine Mutter als Flotte Lotte besaß. Vermutlich gab es so etwas in jeden Schweizer Haushaltwarengeschäft, bei uns freilich nicht. Jedenfalls war damit in Nullkomanichts ein appetitlicher Haufen Reibekäse entstanden. Vermutlich lag das auch am Käse, denn mit Sicherheit würde an das Richtige bekommen, wenn man in einem Schweizer Lebensmittelgeschäft Fonduekäse verlangt. Nur bei uns..na ja. Dann zelebrierte der Meister, wie die Fonduekachel vorsichtig erhitzt wurde, und das Gemisch aus Weißwein und Stärke wurde mit einer Art Schneebesen zusammen mit dem Käse verrührt, wobei genauestens auf das Verhältnis der drei Zutaten geachtet wurde. Der Meister zelebrierte das mit einer scheinbar unglaublichen Leichtigkeit, und so ein Schneebesen, der etwas anders aussah als unsere, war vermutlich auch ein spezielles Werkzeug, was man nur in der Schweiz, aber da in jedem Haushaltswarengeschäft kaufen konnte. Jedenfalls kam eine herrlich cremige Substanz dabei heraus, die sich mit den breit gestellten Brotwürfeln problemlos aufnehmen ließ. Also wir haben das jedenfalls nie wieder probiert. Ich habe bis heute nie herausgekriegt, warum ich damals unbedingt ins Bett sollte. Als ich die Geschichte mal meinem Mann erzählte, meinte der: Die haben gemerkt, dass das Essen nicht reicht, und da ist dann ein Esser weniger. Na ja, mag sein, aber warum sollte ich dann beim Essen wieder dabei sein? Ich weiß es nicht.

Der Mongolentopf

Nun gibt es noch eine weitere Variante des Fondue, das chinesische oder der Mongolentopf, und der kommt nun ganz sanft daher. Statt sprudelndem Fett oder fadenziehendem Käse handelt es sich hier um eine mild köchelnde Gemüsebrühe, in der zartes Gut wie etwa Hühnchen Fleisch, Fischstückchen oder Krabben oder auch Gemüsebröckchen sanft gegart werden. Zum Schluss genießt man dann die Brühe, die durch das in ihr gegarte Gut einen interessanten Geschmack angenommen hat. Dazu gibt es auch noch Würzsoßen, aber aus dem fernöstlichen Bereich. Etwa Sojasoße aber auch selbstgemachte Köstlichkeiten wie Meerrettichtunke oder

Honigsenfsoße. Soweit so gut. Jedenfalls beschlossen wir so etwas mal mit unseren Freunden und Nachbarn an Silvester auszuprobieren. Die hatten noch ein Fondueset, und es hieß nun, der Mongolentopf hätte in der Mitte eine Art Kamin, die die Temperatur der Brühe positiv beeinflussen würde, aber eine Gugelhupfform täte es auch. Die hatten wir. Die Vorbereitungen waren nun sehr aufwendig. Nicht das Schnetzeln vom Hühnchen Fleisch oder das Schnippeln vom Gemüse, auch die Brühe war da kein Problem, aber die Soßen. Die sollten nicht so künstlich und gekauft schmecken, also pürierten, raspelten und mischten wir. Das Ergebnis sah nun zwar eher unscheinbar aus, aber wir redeten uns ein, dass es wenigstens schmeckte. Und dann war der große Moment da. Die Gugelhupfform wurde auf das Rechaud gestellt, der Brennerangezündet, die Soßen waren auf kleine Schälchen verteilt, wie es sie in jedem Asia-Geschäft gibt, und das zu erwärmende Gut wurde mit einer Art Drahtkörbchen an einem langen Stil in die Brühe versenkt. Mit einer Gabel wäre das nicht machbar gewesen, aber zum Glück gab es solche Körbchen auch in den Asia-Geschäften, und waren nicht mal teuer. Aber das Problem war nun: Die Brühe wurde nicht heiß. Die Flamme des Brenners verpuffte durch den Kamin der Form, der wurde zwar so warm, dass man die Form nicht mehr anfassen konnte, die Brühe blieb aber lauwarm. Nach einer halben Stunde hatte Britt die Schnauze voll. Sie holte einen Kochtopf aus der Küche, füllte die Brühe um , wir schmissen das ganze Fondue in die heißen Topf und hatten innerhalb einer halben Stunde eine wunderbare Suppe mit sehr unterschiedlichen aber aparten Geschmacksrichtungen, die wir mit großem Appetit auslöffelten. Nur – mit einem chinesischen Fondue hatte das nicht viel zu tun. Seitdem vertrete ich die Meinung, dass ich mit einem Fondue niemals Freundschaft schließen werde.

Aber das ist ja eigentlich auch egal, außerdem sind die Fondue zurzeit sowieso total aus der Mode.

Gleich zu Anfang: Igitt beim Essen, das ging bei uns zu Hause gar nicht. Nur sehr mühsam wurde mir zugestanden, dass ich manche Gerichte überhaupt nicht mochte. Aber das zählte nicht. Im Gegensatz dazu wurde meinem Vater alles Mögliche zugestanden, was er nicht aß, dazu gehörten unter anderem Tomaten, Zwiebel, Senf oder Dicke Bohnen. Dem bedeuteten, Senfeier gab es bei uns nur in der Woche, wenn er arbeitete und somit nicht zu Hause war. Ebenso war darauf zu achten, dass er keine Zwiebeln im Kartoffelsalat hatte. Also wurde für ihn ein Teil abgenommen, bevor die Zwiebeln hineingetan wurden. Meine Schwester hatte das mal vergessen und gab ihm seine Portion in einem Extranapf. Mit Zwiebeln. Gemerkt hat er das nicht. Ich dagegen mochte keinen Milchreis, und nachdem ich mal gezwungen worden war, ihn zu essen und mir das Essen am Tisch wieder aus dem Gesicht gefallen war, wurde mir zugestanden, dass ich was anderes bekommen konnte, etwa ein Rührei oder so was. Viel später, ich studierte schon, aß ich mal mit ein paar Kommilitonen in der Mensa, und da es ein brühheißer Sommertag war, gab es als Stammessen Milchreis mit Früchten, und wir waren wegen Ebbe in der Kassen gezwungen das Stammessen zu nehmen. Ich bemerkte erst, was es war als ich den Teller vor mir hatte. Ich kostete misstrauisch, aber es schmeckte. Es schmeckte sogar recht gut und war bei der Hitze genau das Richtige. Offensichtlich lag meine Abneigung daran, dass meine Mutter den Milchreis nicht richtig zubereitet hatte.

Es gibt allerdings Dinge, von denen ich die Finger lasse und die ich auch keinem zumuten würde. Dazu gehören Schnecken, wir waren einmal zum Schneckenessen eingeladen, und meiner

Meinung nach schmeckten sie wie kleingeschnittene und gebratene Latexhandschuhe. Bloß gut, dass die Knoblauchbutter und das Brot so lecker waren. Ebenso ist es mit Tintenfisch. Als Kind hatte ich vor denen eine regelrechte Phobie und schüttelte mich vor Ekel. Und nun das: Wir machten in der dreizehnten Klasse eine Abi Fahrt nach Rom und Neapel, wie sich das für ein altsprachliches Gymnasium gehört. Und in dem Hotel in Neapel, eine schäbige Bude wie die ganze Stadt, da gab es zu Abendessen frittierte Frutti di Mare, also Meeres Früchte, und dazu gehörte auch besagter Tintenfisch. Nun will man vor seinen Klassenkameraden keine Schwachstelle zeigen, also aß ich das Zeug, und es schmeckte sogar, aber das können die eben nur am Hafen von Neapel. In Deutschland würde ich das nicht empfehlen, insbesondere weil die War hier logischerweise aus der Tiefkühle kommt und die Leute können den Tintenfisch auch nicht richtig zubereiten, der schmeckt dann wie frittierter Autoreifen.

Ganz anders liegt der Fall bei Jugendreisen. Da gibt es immer welche, die sagen Igitt, das esse ich nicht, und das lange vor dem Schweinefleischverbot für Moslems oder dem Veganismus übersensibler Teenager. Das erste Mal bekam ich das mit auf einer Tagesfreizeit im Konfirmandenunterricht, ich war da so etwa vierzehn. Die Mit Konfirmandinnen kamen entweder aus der sogenannten Telefunkensiedlung, das war eine Werksiedlung der gleichnamigen Werke, und sie wussten schon, dass sie nach der Einsegnung dort anfangen würden, einige als Lehrlinge , die meisten aber als ungelernte Arbeiter, weil sie da auch Anhieb doppelt oder mehr Geld bekamen als Die Lehrlinge. Dass sich das dann für den Rest des Lebens nicht mehr ändert, das übersieht man mit vierzehn nicht. Und dann waren da noch welche aus Altschönow 3, Man sprach nicht darüber, aber das war eine Adresse, die zu einer sogenannten Mau-Mau-siedlung gehörte. Ich war nun so erzogen, dass ich mir da nichts anmerken ließ, aber die Mädchen aus der fraglichen Adresse hatten die größte Klappe, und die wenigste Ahnung über die Dinge, die man im Konfirmandenunterricht vermittelt bekommt, denen ging es offensichtlich nur darum, dass die Einsegnung eine Riesenfete einschließlich Besäufnis wurde. Na ja. Jedenfalls zog ich skeptisch mit zu der Tagesfreizeit; die fand im Berliner Johannesstift statt, einer riesigen kirchlichen Einrichtung mit vielfältigen sozialen Ausgaben, die mitten im Wald liegt. Und wider Erwarten machte die Ganze Sache sogar Spaß, wir spielten lustige Spiel und sangen, in der Nähe war ein kleine Badestelle, also alles ganz lustig. Nur beim Essen: Es war ein Tag im Juli, und es gab Pellkartoffeln mit Quark, der mit Kräutern angerichtet war. Ich fand das passend für einen heißen

Sommertag, Aber die Damen aus der Mau-Mausiedlung zogen eine Fresse. Iiihhh, so was essen wir nicht.- Und es gab nachher sogar Beschwerden und über die unzulängliche Verpflegung. Dabei war das Essen absolute Eigenproduktion des Stifts. Die hatten nämlich einen eigenenGärtnereibetrieb, aber hielten auch Kühe und hatten ihre eigene Molkerei, sowohl zur eigenen Versorgung als auch als Arbeitsmöglichkeit für die Bewohner. Heuet würde an sagen, es war alles Bio und Öko. Aber das interessierte die Bewohner der fraglichen Siedlung nicht, die tafelten bei der Einsegnungsfeier ihrer Töchter sogar so auf, dass sie dafür erheblichen Schulden machten.

Und sehr oft habe ich später auf Klassenfahrten festgestellt, dass gerade die Kinder und Jugendlichen aus wie man heute sagt prekären Verhältnissen am mäkligsten mit dem Essen waren.

Nein, diesmal geht es nicht um den Dauerspruch meiner Schwiegereltern, von wegen „es muss nicht immer Kaviar sein". Wenn wir bei denen zum Abendessen eingeladen waren, dann zauberte sie immer die gleiche Standardaufschnittplatte auf den Tisch, Stangenspargel aus dem Glas oder aus der Dose, eingewickelt in Schinkenröllchen und garniert mit irgendeinem Delikatesssalat – Der Papa hat sich extra dafür bei Thiel angestellt! Thiel war der Nobelfleischer der Gegend, und zu dem ging man nur, wenn es etwas ganz Besonderes sein sollte, die Leute standen dann am Wochenende bis auf die Straße, und man wurde von Verkäuferinnen bedient, die sich wie Königinnen im Exil benahmen. Mein Mann erzählte mir, dass er als kleiner Junge öfter sozusagen als Platzhalter sich bei Thiel anstellen musste, bis die

Erwachsenen die anderen Einkäufe erledigt hatten und ihn dann ablösten, das konnte schon mal eine Stunde dauern. Er hasste das.

Und wenn man dann aus Höflichkeit sagte, dass das Essen geschmeckt hatte, dann kam der besagte Spruch: „Es muss nicht immer Kaviar sein!" Das war nun der Titel eines Buches von Johannes Mario Simmel, der es wie kaum ein anderer geschafft hatte, die Sehnsüchte des Durchschnittsbürgers zu befriedigen, indem er vom Leben der oberen Zehntausend berichtete, nicht von gekrönten Häuptern, sondern von denen, die Geld gemacht hatten. Und eines seiner frühesten Werke war nun das besagte Buch, da ging es um einen Spion, der gleichzeitig Gourmet und Meisterkoch war. Und die Rezepte wurden gleich mitgeliefert. Ich war damals in meiner jugendlichen Akademikerarroganz über solche Trivialliteratur erhaben, aber viel später entdeckte ich Simmel als pures Lesevergnügen und verschlang seine Werke, besonders gern im Urlaub. Aber das mit dem Kaviar habe ich nie gelesen, allerdings gab es im Zeitalter des Internets die Möglichkeit, den Begriff „es muss nicht immer Kaviar sein, Rezepte" zu googeln, und da hatte ich sie. Allerdings erschienen sie mir als doch etwas befremdlich, praktisch nicht nachzukochen, ich hatte eine normale Küche und kein Hightech Labor, und das ganze kam mir mit Verlaub vor wie Fraß. Und sein Agent war nun mal eine literarische Erfindung. Da zog ich doch das Werk eines echten Geheimdienstchefs vor, nämlich das Kochbuch von Markus Wolf, der tatsächlich ein Meisterkoch gewesen sein muss und seine Rezepte mit amüsanten Anekdoten aus seinem Agenten und Diplomatenleben verband. Und mit dessen Rezepten konnte man wirklich etwas anfangen, die waren aus einfachen, aber guten Zutaten hergestellt und das Ergebnis konnte sich sehen lassen. Na ja.

Aber zurück zum Kaviar. Wir waren inzwischen in einem Alter, in dem man einen gehobenen Lebensstandard pflegen konnte, ohne jeden Cent dreimal umzudrehen. Und es muss so um Ostern gewesen sein, als die Lebensmittelgeschäfte sich mit Deluxe-Angeboten zum Fest überboten, da kam mein Mann plötzlich auf die Idee, es müsse nun mal wirklich Kaviar sein. Und er neigte zu spontanen Einfällen, die er dann auch in möglichst kurzer Zeit tatsächlich durchzusetzten pflegte. Nun hat man auf dem Lande nicht die Möglichkeit, sofort in den nächsten Delikatessenladen zu eilen, aber wozu gibt es das Internet. Und der größte Internetanbieter hat auch die Kategorie Lebensmittel, also versuchten wir es man mit Kaviar. Ich, aufgewachsen mit dem Leitmotiv: „Das können wir uns nicht leisten", machte mich nun daran, denArtikel Kaviar herauszusuchen, und fand dann auch tatsächlich echten russischen Schwarzmeerkaviar vom Stör, Preis für 15 Gramm 60 €. Triumphierend rieb ich ihm dieses Angebot unter die Nase. Verbunden mit dem zweiten Leitmotiv meiner Kindheit: Das ist nichts für uns! Er schluckte einmal kurz, und sagte dann, gib mal das Ding her, jetzt suche ich! Das Ding was unser Tablet. Ich gab es ihm, und er tippte eifrig darauf rum. Nach etwa zehn Minuten hielt er inne. Na siehst du, echter russischer Kaviar, nur 30 € für 50 Gramm, das können wir uns doch wohl sicher leisten. Und schwupp, war der bestellt. Ich erreichte es nur noch, dass ich mir das Ganze noch mal ansehen konnte, und tatsächlich, das stand: Kaviar aus Russland, verschickt durch Baltic Export Kaliningrad. Damit konnte ich etwas anfangen. Baltic Sea ist die Ostsee, und was Kaliningrad war, das wusste ich auch, das hatte in grauer Vorzeit mal Königsberg geheißen. Aber Lieferzeit etwa vier Wochen, auch das kam mir plausibel vor, immer wenn wir aus Russland Postkarten von irgendwelchen Reisen geschrieben hatten, waren wir eher wieder zu Hause als die Postkarten den Empfänger erreichten. Also es passte alles zusammen. Und nun leben wir in einer sehr schnelllebigen Zeit, also geriet die Bestellung erst mal wieder in Vergessenheit, bis, ja bis wir ein sehr amtlich aussehendes Schreiben bekamen, das wir uns auf dem Hauptzollamt einzufinden hätten, verbunden mit einem Wust von Papieren. Daraus ging hervor, dass wir aus der Russischen Republik ein Paket Kaviar einzuführen gedächten, dazu seien diverse Warenbegleitpapiere auszufülle, persönliches Erscheinen wäre erforderlich, und zwar bis zum...das war in vierzehn Tagen, anderenfalls die Sendung zurück an den Absender geschickt würde. Da wir ohnehin in der Stadt zu tun hatte, fanden wir uns also auf dem Hauptzollamt ein, das wir nach mehreren Fragen sogar fanden, es war mitten im Gewerbegebiet in einer Baracke, wo wir eher Speditionen oder Fabriken vermutet hätten. Naja, die hatten aus am ehesten mit dem Zoll zu tun. Jedenfalls, als wir die Baracke betraten, saßen dort vier oder mehr Figuren herum, die spielten Beamtenmikado, das heißt, wer sich als erster bewegt, hat verloren. Schließlich wurden wir doch zur Kenntnis genommen. Wir trugen unser Anliegen vor und überreichten die Papiere. Dann hieß es, ja gut, gehen sie mal in den Warteraum. Nach einer gefühlten Ewigkeit, ich hatte alle ausliegenden Prospekte von Washingtoner Artenschutzabkommen über „Wir stellen ein" bis „Sport im öffentlichen Dienst" durchgelesen, und zwar mehrmals, dann hieß es: „Kommen sie mal rein!" Der Papierstapel hatte sich inzwischen etwa verdoppelt. Der Zollbeamte las sie durch sehr sorgfältig. Währenddessen hatte ich Zeit, ein in der Ecke gestapeltes Paket zu betrachten, das war langgestreckt und trug eine arabische Aufschrift, ich konnte nur die Worte Royaume du Saude Arabie lesen, soviel Französisch kannte ich noch. Dann begannn die Befragung: „Sie haben Kaviar in Kaliningrad bestellt?"- „Ja." Das ist das Gebiet der russischen Republik". „Ja". Irgendwie kamen wir uns sehr schuldig vor. Nach dem Artenschutzabkommen ist der Stör uns seine Nebenprodukte geschützt, also der Erwerb und Export verboten !?! Ja, das wussten wir, aber da ganz versteckt steht doch auf dem Warenbegleitschein: Produkt in Konformität mit dem Washingtoner Artenschutzabkommen. Nun stand das da leider nur auf Russisch, aber Konformität, Produkt und Washington waren deutlich zu lesen, auch in kyrillischen Buchstaben. Dann ging alles plötzlich ganz schnell. Wir mussten eine Empfangsbestätigung unterschreiben, zehn Euro Zoll bezahlen, zehn Euro Bearbeitungsgebühr, dann bekamen wir das Päckchen ausgehändigt. Nach uns wartet schon ein junger Mann, offensichtlich aus das Paket aus Saudi-Arabien, das so aussah, als ob da irgendwelche Leisten oder Gardinenstangen drin wären. Wozu muss man eigentlich Gardinenstangen aus Saudi-Arabien einführen, na ja, nicht unsere Angelegenheit. Jedenfalls waren wir froh, dass wir unsere Sendung endlich hatten. Zu Hause angekommen, entdeckten wir dann, dass der Kaviar ein Ersatzprodukt war, kein Stör, und das der Preis für die Dose 3 € betrug, während die Versandkosten 27 E€ ausmachten, einschließlich Zollgebühren. Aha. Also das sollte uns eine Lehre sein, beim internetkauf ganz genau hinzugucken.

Die Sache hatte dann noch ein Nachspiel. Etwas später statteten wir dem örtlichen Kaufland einen Besuch ab. Die hatte neuerdings auch eine Ecke mit russischen Spezialitäten. Und da stand er: Kaviarersatz aus Seehasenrogen,

hergestellt und exportiert von der Firma
Baltic Export, zum Kaufpreis von 1, 99€.

Zu Weihnachten bot dann der örtliche
Discounter echten Kaviar vom Stör an.
Das waren 20 Gramm für knapp 10 Euro,
und laut Angaben aus der Verpackung
kam de aus einer Zucht in Italien. Wir
haben uns das mal geleistet, und
geschmeckt hat er nicht schlecht, aber so
etwas macht man wohl nur zu
Weihnachten, und eigentlich lohnt sich
der Aufwand und des Geld genau gesagt
nicht.